Illustration : Koito Akiyama

セシル文庫

パパと呼ばれた恋人

水島 忍

イラストレーション／秋山こいと

パパと呼ばれた恋人◆目次

パパと呼ばれた恋人

沖宮祐輝《おきみやゆうき》は朝から何度となく溜息をついていた。今も、鏡で自分の顔を見ながら溜息をついている。

いや、溜息三昧《ざんまい》なのは、一昨日《おととい》の金曜から。会社の可愛い後輩に映画でも見にいかないかと誘ったときからだ。

彼女は祐輝が勤めている会社の中で、ナンバーワンとまではいかなくても、三本の指に入るくらい可愛い。だから、自分の選択は正しいはずだ。光栄なことに、会社でもぱっとしない営業マンの自分のデートの申し込みに、彼女は可愛らしく微笑みながらＯＫ《オーケー》してくれたのだ。こんな幸運を活かさない手はない。

そう思いながらも、祐輝は何故だか気持ちが沈んでいる。

自分も二十四歳となった。そろそろ彼女のひとりもいなければ、格好がつかないというだけの動機で、これからデートするのだ。こんな気持ちでは、彼女に失礼だ。

だが、祐輝の気が乗らないのは、それだけではなかった。

祐輝は過去、たった一人の人物としか付き合ったことがない。しかし、それは女性ではなく、男性だった。

名前を藤枝昇《ふじえだのぼる》という。

祐輝がまだ二十歳の大学生の頃のことだった。バイトしていた居酒屋で出会った常連客の藤枝は、四つ年上の会社員だった。いや、彼はただの会社員ではなかった。その会社の御曹司《おんぞうし》でもあったからだ。彼には輝く未来が約束されていたはずだ。きっと美人の婚約者でもいたのだろう。

彼は、男と付き合うなんて考えたことがなかった祐輝をデートに誘った。気がついたら、祐輝は完全に彼に恋をしてしまっていた。なのに、彼は祐輝を夢中にさせた挙句に、すぐに別れを切り出してきた。結婚するとの一言で。

あまりに残酷で、ひどい男だった。彼は二股《ふたまた》をかけていたのだ。いや、違う。祐輝は単なる遊びの相手だったのだ。

それから祐輝は別のバイトに移ったので、彼がどうなったかは知らない。今頃、部長だかなんだかになっているかもしれない。

とにかく、あのときのことが祐輝はトラウマになっていた。初めて恋した相手が男で、その男にあっさり振られたのだ。言葉にしてみれば、実に他愛のないことだが、祐輝は傷つき、四年も経った今でも誰かと付き合うことを考えると、どうにも気が進まない状態に陥っていた。

だが、もう四年も前のことを引きずるのは嫌だ。新しい恋をしてもいいじゃないか。好きな相手はいないが、今日は可愛い女性とデートの予定がある。それだけでも、素晴らしいことだ。

自分には明るい未来がある。誰かをまた好きになろう。人生をやり直そう。

祐輝は腕時計で時間を確認した。もうそろそろ家を出ないといけない。鏡の中の自分はどこか頼りない顔をしている。こんなことではよくない。誘いを受けてくれた彼女にも悪い。

無理やり鏡に向かって作り笑いをすると、出かけるべく、玄関へと向かった。

彼女——森崎《もりさき》美里《みさと》との待ち合わせ場所は、彼女と見にいく映画館の近くにあった。今時、デートで映画なんてつまらないだろうか。とはいえ、映画に行こうと誘ったら、彼女は頷いてくれたし、他にどこに行ったらいいのかも判らない。よく考えてみれば、祐輝は女性と一度もデートしたことがないのだ。無理もない。

だが、いつもこんなふうでは、恋人なんてできないだろう。今更、友人に訊くのも恥ずかしいから、次のデートまでにはいろいろ調べておこう。

祐輝は緊張しつつ、カフェの扉を開いた。小さなカフェでほんの少し見回せば、待ち合わせの相手がいるかどうかが判る広さだ。どうやら彼女はまだのようだった。

「いらっしゃいませ」

カウンターの向こうで男の声がした。

えっ……！

それは、忘れようにも忘れられない声だ。いや、まさか彼がこんなところにいるはずがない。きっと声が似ているだけの別人だ。

ぎこちなく、祐輝はそちらに目を向けた。すると、カウンターの向こうの男もこちらを凝視していた。

クールに見える切れ長の目。形のいい眉《まゆ》。鼻筋の通った高い鼻。引き締まった唇。

それは四年前に祐輝が付き合っていた、藤枝昇その人だった。

どうしてこんなところに……！

彼は大会社の御曹司だった。今頃、出世してエリートへの道を歩んでいるはずだ。それなのに、どうしてカフェのカウンターの向こうで、白いシャツの袖《そで》を肘《ひじ》までまくり上げ、しかも、その上エプロンをつけているのだろう。髪を伸ばして後ろでくくっていて、今の格好にはとても似合っているが、やはり信じられない。

他人の空似《そらに》だったほうが、まだ現実味がある。しかし、どう見ても、藤枝でしかなかった。彼のほうも驚いたように、祐輝を見つめていた。

こんなところで会うなんて、思いもしなかった。やっと彼のことを忘れようと決心し、新しい第一歩を踏み出そうとしたところで、どうして彼が目の前に現れるのだろう。まるで悪夢だ。悪夢そのものとしか思えない。

祐輝はそこに突っ立って、彼を凝視することしかできなかったが、彼のほうは我《われ》に返ったようだった。四年前に何事もなかったかのように、祐輝に笑いかけてきた。

「祐輝じゃないか。久しぶりだな。こっちへ来て、座らないか？」

事もあろうに、カウンター席に座るようにと勧めている。冗談ではない。祐輝は彼の傍に近寄りたくなかった。彼はどれだけ自分を傷つけたのか判っているのだろうか。いや、判ってないに違いない。だから、笑いながらそんなことが言えるのだ。

「連れが来るから」

祐輝は素っ気なく言った。だが、藤枝は笑顔を崩さなかった。といっても、これはきっと営業用の笑顔に違いない。

「待ち合わせか？　そこの席に座るといい。入ってきたときにすぐに判るから」

藤枝は出入り口に近い席を示した。祐輝は無言でそこに行き、腰かけた。何故だか心臓

がドキドキしている。

驚いただけだ。別に彼と再会して、ときめいているわけではない。彼は以前と変わらず……以前より少し格好よくなっただけだ。けれども、これからデートするのに、四年前に自分を振った男を見て、ときめくはずがなかった。

藤枝はトレイにお冷《ひや》とおしぼり、そしてメニューを持って現れた。それらを祐輝の前に置きながら、話しかけてきた。

「ずいぶん変わったんだな。大人になったというか……」

彼は本当に四年前に何もなかったかのように振る舞っている。信じられなかった。彼がどれだけ自分の心を傷つけたのか、まったく気づいていないのだ。

確かに、当時の自分も平気なふりをしたかもしれない。それはプライドが邪魔したからだった。結婚すると言い、別れを告げる彼に、まさか泣き喚《わめ》くわけにもいかない。あのとき、祐輝は『判った』と一言しか口にしなかった。

だから、祐輝が傷ついていたとは、彼はまったく気がつきもしなかったのだろう。

四年経った今でさえ、こんなに胸が痛むのに……。

だが、祐輝はその痛みを表に出したくなかった。特に、藤枝本人には絶対に気取られたくなかった。自分を振った相手に、あのとき死ぬほど傷ついたのだと知られたくない。

とはいえ、作り笑いなんて無理だ。あのときの痛みが、今も胸に渦巻いているのだから。

祐輝は素っ気ない態度を崩さず、彼に少しだけ微笑んだ。

「僕ももう二十四歳だから。それより、あなたはどうしてここに……？」

それが最大の疑問だった。この店は彼の知り合いか何かの店だろうか。それで、休日だけ手伝っている……とか？

それも、なんだか変だ。彼は大企業の御曹司なのだ。こんなところで、エプロンをつけるような休日を送るだろうか……？

それに、彼は結婚したはずだ。あれから四年も経つのだから、子供がいてもおかしくない。休日には夫は家庭で過ごすものではないだろうか。

「ここは僕の店なんだよ」

藤枝は思いがけないことを言った。祐輝は信じられなくて息を呑んだ。

「あなたの……店？　会社は？」

「やめた」

彼はあっさりと言って、微笑んだ。

そのとき、店のドアが開いて、美里が入ってきた。すかさず、藤枝はいらっしゃいませと声をかける。彼女はすぐに祐輝を見つけると、手を振りながら近寄ってきた。

「沖宮さん、遅れてごめんなさい」

彼女は私服姿も可愛い。こんな可愛い彼女とデートするのだと思うと、祐輝は誇《ほこ》らしくなった。だが、藤枝がここにいることを考えると、なんだか複雑な気持ちになる。

「デートかい？」

藤枝は笑顔で尋ねた。

ああ、彼にはもうどうでもいいことなんだ……。

嫉妬《しっと》されるはずがないと判っていたが、彼が笑顔だったことで、祐輝は何故《なぜ》だかがっかりした。もちろん、今更、彼に嫉妬されたりしたら腹が立っただろう。もう二人の間には何もない。何もかも昔のことなのだ。

それなのに、何故、こんなに自分は動揺しているのだろう。そして、どうして胸がこんなに痛むのだろう。

藤枝は美里のためにお冷を持ってくると、笑顔のまま二人に声をかけた。

「ご注文が決まりましたら、お呼びください」

彼はそのままカウンターの中へと戻った。

美里はケーキと紅茶、祐輝はコーヒーを頼んだ。美里はちょっとしたことでも笑い、話しやすかった。祐輝のくだらない話を面白がって聞いてくれる。だが、彼は藤枝のことが気になって仕方がなかった。彼のいるほうに目を向けられなかったが、それでも絶《た》えず意識している。

まったく、馬鹿みたいだ……。

こんな可愛い女性が目の前にいるのに、僕は一体、何を考えているんだろう。

しばらく話していて、そろそろ映画が始まる時間が近づいてきた。祐輝は伝票を持ち、カウンターの横のレジに向かった。

藤枝は金を受け取り、お釣《つ》りを返す。彼は笑顔のままだ。

「また来るといい。今度はコーヒーをサービスするから」

彼は本気で言っているのだろうか。とても信じられない。これはきっと社交辞令というやつだろう。

「ありがとう。楽しみにしてるよ。じゃあ、また」

祐輝も社交辞令を返すと、美里と二人で店を出た。

四年前、祐輝は大学生だった。そして、ありがちなことだが、居酒屋でバイトをしていた。その頃、藤枝は藤枝酒造《しゅぞう》の社員で、その居酒屋に仲間とよく来ていた。

初めて彼を見たとき、彼はスーツ姿だった。今のように髪も長くなく、普通の会社員の格好をしていた。いや、普通でないところはあった。彼は他の社員に比べると、非常に目立っていた。オーラが違うというのか、年齢にそぐわない自信のある言動や仕草をしていたのだ。

後から藤枝酒造グループの御曹司だという彼の生《お》い立ちを聞いて、その理由が判った。彼はまだ高校生の頃からパーティーに顔を出して、大人と会話をしていたのだ。彼は三男だったが、いずれ会社を動かすための英才教育を受けていたらしい。

当時、二十四歳だった彼は自分の父親が経営している会社に入社して、普通に働いていた。もちろん、会社の中で普通の扱いだったとは思わないが、それでも居酒屋で飲んでいるときは、他の社員達の間で特別扱いされていたわけではなかった。

最初、祐輝は普通にバイト従業員として、客である彼に接していただけだった。彼は確かに目立っていて、印象には残ったが、ただの客に過ぎない。こちらもただの従業員だ。接点など、あるはずがなかった。

きっかけは、彼の同僚が飲みすぎて、グラスを床に落としたことだった。

彼らは帰ろうとして、立ち上がったところだった。グラスは割れ、残っていた中身がその辺に広がってしまい、祐輝は慌ててそれを片付けるために駆けつけた。

「お怪我《けが》はありませんか？」

彼らに尋ねると、代表して藤枝が答えた。

「怪我はない。悪かったね。こいつが飲みすぎたみたいで」

飲みすぎた当人も謝ったが、ろれつが回っていない。

「ここは大丈夫ですから、レジのほうへどうぞ」

祐輝が床に屈《かが》んで割れたグラスの大きな破片《はへん》を拾っていると、藤枝まで横で屈んで、破片をつまんでいた。まさか、そんなことをしてくれる客がいるとは思わなかったで、祐輝は驚いた。

「本当に大丈夫ですから！　お客様はこんなことなさらないでください。あの……僕の仕事ですし」

藤枝は焦《あせ》る祐輝に、にっこりと微笑んだ。

そのとき、祐輝は初めて彼が端整《たんせい》な顔立ちをしていることに気がついた。そして、その笑顔に思わず見蕩《みほ》れてしまった。美醜《びしゅう》のことではなく、彼があまりに優しそうに見えたからだ。

その瞬間、彼は温かみがあり、気さくな人物であるのだと、祐輝は思った。

「君のほうが客に手伝わせたと怒られるかな？」

「え……ええ、まあ……その、お気持ちは嬉しいですけど……」

「じゃあ、君の言うとおり帰るけど、今度、埋め合わせをさせてくれよ」

埋め合わせって……何？

意味が判らなかったが、祐輝は頷いた。そして、彼が立ち上がったのを機に、従業員としての挨拶《あいさつ》をした。

「ありがとうございました！」

彼は微笑んで、仲間の待つレジのほうへと去っていった。

彼が次に来たとき、同僚と一緒ではなく、一人だった。めずらしいことがあるものだと思いながらも、彼を席に案内した。

「この間は怒られなかった？」

彼に囁くように尋ねられて、祐輝は顔を赤らめた。自分のことを覚えているとは思わなかったのだ。ただの名もなきバイトだと自分で思っていたからだ。

祐輝のほうはもちろん彼のことを覚えていた。最初に見たときに、彼だけが仲間の中で一番自信ありげで輝いて見えたからだ。

「はい、大丈夫でした」

祐輝は笑って答えた。彼には親しみを感じる。彼にだけは、特別な愛想を振りまいてもいいじゃないかと思ったのだ。

「そう。よかった」

彼は酒と料理を注文した後、祐輝にそっと耳打ちをした。

「この間、埋め合わせをするって言ったよね？　暇《ひま》があったら、一緒に映画でも行かないか？　もちろんこちらの奢《おご》りだ」

祐輝は驚いて、まばたきをしながら彼の顔を見た。どうやら本気らしい。まるでナンパか何かのようだったが、自分は男だ。まさか映画に誘われるとは思わなかった。

「そんな……いいですよ。あのときのことは。本当に僕の仕事だったんですから……」

しかも、グラスを落としたのは、彼の連れだ。彼自身ではない。彼にはなんの責任もないのだ。

「いいから、お兄さんの言うことを聞きなさい」

祐輝はくすっと笑った。急に兄貴《あにき》ぶったりして、面白いところもあるらしい。

「じゃ、ご一緒します」

二人はまず名前を教え合い、携帯電話の番号を交換し、連絡を取る約束をした。そして、三日後の日曜日、二人は初めてデートをした。

もちろん、最初はデートのつもりではなかった。こういう縁《えん》で、年齢も立場も違う相手と一緒に遊びにいくのが不思議だったが、それでもなんだか面白いと感じていた。彼は思ったとおり、優しいところもあり、どこか温かみのある人だった。それから、面白いことも言うし、しっかりしたところもある。

彼にはいろんな面があり、祐輝はたちまち彼が好きになった。ただ、そのときは、彼の笑顔を向けられるたびに、どうして自分の気分が高揚《こうよう》するのか判らなかった。後になって思えば、恋に落ちていたということなのだが。

デートは一度では終わらなかった。最初のデートの終わりに、バイトへと向かおうとする祐輝は、手を握られ、こう尋ねられたからだ。

「君と付き合いたい。これからも会ってくれないか?」

目を見つめられて、こんなことを言われたら、どう反応するのが普通なのだろう。祐輝は驚きながらも、思わず頷いていた。

「ぼ、僕でよければ」

藤枝の勢いに呑まれたというか、深く考えずにそう答えたが、藤枝の笑顔を見たら、これでいいんじゃないかと思えた。

「ありがとう。僕は君を初めて見たときから、ずっと気になっていたんだ。もう何カ月も前からだ」

「そんなに前から……？」

自分のどこが藤枝の気持ちを引きつけたのか、よく判らなかった。ごく普通の学生だったからだ。彼のように目立つ存在でもなく、容姿《ようし》に際立《きわだ》つところもない。

「真面目で、よく働いて、笑顔が可愛くて……素直そうだって思った」

そんなふうに褒《ほ》められるとは思わなくて、祐輝は照《て》れた。

後に結婚した藤枝はゲイではなく、バイだったのだろう。祐輝は自分のことをゲイでもバイでもないと思っていたが、彼に惹かれたところを見ると、元々そういう性質を持っていたのかもしれない。それでも、藤枝に付き合ってほしいなどと言われなかったら、なかなか気づかなかっただろうと思う。

その後、二人は何度もデートをした。その度に、藤枝は祐輝の身体に触れたり、手を握ったりと、まるで祐輝の身体が目覚《めざ》めるのを促《うなが》しているようだった。そうして、祐輝は愚《おろ》かにも彼の罠《わな》に堕《お》ちていった。

彼の部屋でキスをされたとき、自分がどうしようもなく興奮しているのが判った。キスだけで、こんな気持ちになるとは思わなかった。彼の唇で全身が溶《と》かされていくような気がしたのだ。

そのまま祐輝はベッドに連れていかれるのではないかと思った。だが、そうされてもいいとさえ思うようになっていた。その頃にはもう藤枝のことが好きになっていたからだ。

彼は祐輝の髪を撫でながら囁いた。

「次に君が来たときには、ベッドに連れていくよ」

もちろん、祐輝はそれを楽しみに待っていた。だが、その機会は永遠に訪れなかった。

彼にあっさり振られたからだった。

しかも、電話で。

彼は素っ気なく別れたいと言った。

「ど……どうして?」

ベッドに連れていくと彼が囁いたのは、一週間前のことだった。急な心変わりが信じられない。

「結婚することになったんだ。いつまでも君と遊んでいられないってことだ」

遊びだったとは、祐輝は思っていなかった。少なくとも、祐輝は真剣だった。彼に恋をしていた。しかし、よく考えると、彼から真剣な愛情を示す言葉など言われたことはない。

たとえば、好きだとか、愛しているだとか。

具体的な言葉は何も言われてなかった。

これはただの遊びだったのだ。祐輝は愕然《がくぜん》とした。付き合ってくれと言われて、その気

になった。キスもされた。次の段階を心待ちにするほど、彼にのめり込んでいたのに、その間にも、彼は結婚を考える女性と真剣に交際していたのだ。

祐輝はショックを受けた。涙が出そうだったが、泣かなかった。精一杯のプライドで、こちらも素っ気なく答えた。

「ああ、そう。判った。じゃ、これで」

二人の間はこれっきりだった。

何度かデートして、キスをした。それだけで終わったのだから、こんなものは付き合っていたと言うべきではないかもしれない。

祐輝は居酒屋のバイトをやめて、別のバイトを始めた。もう彼とは二度と顔を合わせたくない。彼に恋していたことなんか忘れてしまいたい。

騙《だま》されて、気晴らしに弄《もてあそ》ばれていただけなのだから。

しかし、四年間もあの心の傷は癒《い》えなかった。そして、今も……傷はまだ残っている。

思いがけなく彼と再会して、その傷口が開いていた。

どうして忘れてしまえないんだろう。あんな男のことなんか。

祐輝は悔《くや》しくてならなかった。

美里とのデートはさんざんだった。

途中までは上手くいっているような気がしていたのだ。映画が終わるまでは。

その後に彼女が買いたいものがあると言って、デパートへ行った。気がつくと、高いブランドバッグを買わされていた。いや、こういう言い方はよくないかもしれない。結局、買うと言い出したのは自分なのだから。だが、なんとなく買わなければいけないような気がしてしまったのだ。

夕食に豪華なディナーを奢り、その後は電車の駅のホームで別れた。ディナーの後、バーに誘ったのだが、母親が心配するからと断られたのだ。もちろん、彼女を酔わせて不埒《ふらち》な真似《まね》に及《およ》ぼうと思っていたわけではない。最初のデートでそれは早すぎると思ったからだ。いや、彼女の気持ちではなく、自分の気持ちが固まっていなかった。

それでも、なんとなく……このデートはさんざんだったという印象だけが残った。自分は金だけを遣わされたと思うからだ。彼女のことを悪く思いたくないが、利用されたような気がしないでもない。

仕方ないか……。あんな可愛い彼女がデートに同意してくれただけでも、幸せだと思わなくては。

祐輝はすっかり自虐的《じぎゃくてき》な気持ちになっていた。どうせ、自分なんか本気で誰も相手にしてくれないに決まっている。藤枝だって、あんなに熱心に口説《くど》いたくせに、あっさりと別れを告《つ》げたのだ。自分は長く付き合いたいような男ではないのだろう。

だいたい、待ち合わせ場所で藤枝に再会するなんて、もう最初からケチがついていた。

もう、いい加減な気持ちでデートを申し込むのはやめよう。自分はまだ恋をする気にはなれない。まだ心の準備が整っていなかった。

藤枝の顔が脳裏に浮かぶ。あのときの傷が心に残っているのだ。再会して、塞《ふさ》がりかけていたはずの傷がまた広がったに違いない。彼に責任を取ってもらわなくては、気が治まらない。

それに、彼がどうしてカフェのオーナーなのか、そのことが知りたい。

そんなわけで、月曜の夜、祐輝は会社帰りにあの店へと向かった。


「いらっしゃいませ」

店のドアを開けると、すぐに藤枝の声が聞こえてきた。彼はカウンターの中で作業をしていたが、祐輝を見て、笑顔になった。

「会社帰りか？　今日は一人なんだろう？　ここに座るといい」

再びカウンター席を勧められる。今日は彼と話したいと思っていたから、カウンターのほうがいい。黙って、そこに座った。

「何がいいかな？　軽食もあるよ」

メニューには、カレーやパスタがある。どうせ夕食は食べなくてはいけないのだから、ここで食べておいたほうがいいだろう。それに、たまらなく空腹《くうふく》だった。彼の事情を聞き出すためにも、腹が空《す》きすぎてはよくない。

祐輝はカレーとサラダとコーヒーのセットを頼んだ。藤枝は厨房《ちゅうぼう》に注文を伝え、慣れた手つきで祐輝の前に紙ナプキンを置き、スプーンとフォークをセットする。

「店を開いて、何年になるんだ？」

「まだ三年半くらいだ」

二人が別れて丸四年になる。祐輝と別れた後、あまり経たないうちに会社を辞めて、店を始めたということになる。けれども、彼は結婚したはずだ。普通、そんな時期に会社を辞めるだろうか。それに、彼は御曹司なのだ。店を始めるにしても、もっと違う店にするだろう。こんな小さなカフェ……と馬鹿《ばか》にするわけではないが、彼の一族のことを考えたら、不思議でならない。

とはいえ、ストレートにそのことを訊きづらい。知りたくてたまらないのだし、それが気になって仕方がないからここへ来たのだが、四年ぶりに会って、いきなりプライベートに踏み込めなかった。

そもそも、自分達はそれほど親しい仲とは言えなかった。祐輝はそう思い込んでいたが、彼にとってはただの遊びだったのだから。

「デートはどうだった？」

いきなり、自分が質問されてしまい、祐輝はしばし言葉を失った。

「……まあ、その……楽しかったよ」

デートがさんざんだったとは言いたくない。だいたい、さんざんだった原因のひとつは、いきなり藤枝と再会したせいだ。いや、四年前、藤枝が祐輝を弄ばなかったら、自分の心には傷がつかず、好きでもない相手をデートに誘ったりせずに済んだのだ。

しかし、祐輝はそれを藤枝には告げたくなかった。あのとき傷ついたのだと、絶対に知られたくない。

未《いま》だに自分はちっぽけなプライドを大事にしていた。しがみついていると言ってもいいくらいだ。けれども、四年もあの恋を引きずっているなんて、自分を踏み躙《にじ》った相手に知られたくなかった。

「可愛い人だったな。なんだか懐かしく思ったよ。君の話すときの顔や、笑っているときの顔を見たら」

彼は祐輝が彼女と話しているのを見ていたのだ。まさか見られているとは思わなかった。それに気づかなかったのは、自分が頑《かたく》なに彼のほうを見ようとしなかったからだ。けれども、心のどこかでは、見られているのを意識していたような気もする。

いや、それよりもっと複雑な気持ちがあった。彼に関心を持ってもらいたかったのだ。かつての遊びの相手としてでも、久しぶりに再会したのだから、自分のことを見てほしかった。

祐輝は唇を噛んだ。

あまりに情《なさ》けない。四年も経っていて、まだ彼のことを思い切れないでいる。新しい恋に踏み出すどころではない。まるっきり四年前と同じなのだ。

一体、この呪縛《じゅばく》からどうやったら抜け出せるのだろう。見当もつかなかった。

「今は仕事をしているんだな。なんの仕事？」

いかにも会社帰りというスーツを見て、彼は尋ねた。

「ごく普通の営業マンだ。朝から晩まで得意先回りをしてる。それから、飛び込み営業をしてみたり……。なんだか、働きアリみたいな毎日を過ごしているよ」

自分の仕事に関しては、いつもそんなふうに思っている。もちろん、それでも大事な仕事には違いない。ただ生活費を得るためだけの仕事であるにしても。

祐輝はなんとなく溜息をついた。

「やりたい仕事ではない？」

「そうだな。でも、他にやりたいことなんてない。自分に何が向いているかも判らないし、だったら、今の仕事でもいい。入社して二年経って、少しは仕事も覚えたし」

先輩からは怒られることも多いが、自分なりによくやっていると思う。営業成績は今ひとつでも、飛びぬけて悪いということもない。ごく平均のところにいた。つまり、首にならない代わりに、出世《しゅっせ》もしないというわけだ。

入社二年目で、祐輝はすでに元気いっぱいの新人君ではなくなっていた。やはり向いてないのかもしれないと思わないでもない。

せめて……。

そう。せめて、私生活に潤《うるお》いがあればいいのだが。

デートは失敗した。頭の中にはまだ藤枝がいる。いっそのこと、相手を女ではなく、男に変えてみたらどうなのだろう。

祐輝は自分が会社の同僚とデートすることを想像した。

いや……ダメだ。全然ダメだ。想像すらできない。というより、想像したくない。やはり気になる『男』は藤枝だけのようだった。

藤枝は厨房からカレーとサラダを持ってきて、祐輝の目の前に置いた。

「コーヒーは食後でいい？」

「ああ、もちろん」

藤枝の瞳が優しく細められた。『もちろん』と言ったのは、彼とのデートでは、いつもそうだったからだ。祐輝はコーヒーが好きで、食後には必ずコーヒーを飲んでいたのだ。

あの日……最後に彼のマンションでキスした日もそうだった。

祐輝の胸に痛みが甦《よみがえ》ってきた。キスをされて、自分はそれだけで身体を熱くしていた。まさか、数日後にあっさりと振られるとは思いもせずに。

ふと、藤枝の左手に指輪がないことに気づいた。もちろん、男は指輪をしないこともあるし、こういう仕事なら外《はず》していることも考えられる。

「君は接客の仕事が向いているんじゃないかな」

いきなり、そう言われて、祐輝は目をしばたたいた。さっき、何が向いているか判らないと自分が愚痴《ぐち》ったことの答えらしい。

「ああ……そうかもしれない。でも、営業も広義の接客かも……？」

「違うよ、全然」

まさしく接客をしている藤枝から、あっさりと言われる。

「あなたは、こういう仕事が好きなんだ？　あの大企業をやめてまで、やりたかった仕事？」

「そういうことかな。まあ、いろいろ込み入った事情もあったんだけどね」

その込み入った事情が聞きたくてたまらなかったが、どうやら話してくれる気はなさそうだった。ちょうど客の一人がレジに向かっていたので、藤枝はさっとそちらに移動してしまう。

祐輝はスプーンを手に取り、カレーを食べ始める。空腹だから、あっという間に平《たい》らげてしまった。

「相変わらずだな。少しは落ち着いて食べたらいいのに」

そんなふうに言われたら、自分が大学生の頃からまったく変わってないように思えてくる。そうではないと言いたかったが、自分の心がまだ藤枝を追い払えないのなら、やはり四年前とは変わってないということなのだろう。

藤枝が皿を下げて、コーヒーを出してくれる。祐輝はコーヒーの味よりも、香りが好きで、この香りを嗅ぐだけで癒されるような気がしていた。

「君はコーヒーを飲むときには、すごく幸せな顔をするんだな。どうしてそうなのか、いつも考えていたよ」

自分はそんなに幸せそうな顔をしただろうか。自覚はなかったが、彼とのデートでもそんな顔をしていたらしい。これは癖《くせ》のようなものなのだろうか。

「香りが好きなんだ。コーヒーの温かさと一緒になって、僕を癒してくれるような気がするんだ」

だから、アイスコーヒーは絶対に飲まない。コーヒーはホットに限る。祐輝はそう思いながら、カップに口をつけた。コーヒーが口から喉《のど》に流れ込み、じんわりと温かさが胸から身体全体に広がっていく。やはり幸せを感じる。

「君のその顔が見たくて、何度もカフェに誘ったんだ」

彼はまるで祐輝が好きだったかのようなことを言っている。あれはただの遊びだったのに。

彼の穏《おだ》やかな口調《くちょう》を聞いていると、ついつい昔の怒りを忘れそうになってしまう。しかし、そんなに簡単に忘れられるものではなかった。遊びで誘い、優しく甘い言葉で夢中にさせておいて、あっさり捨てたのだ。そして、自分はまだそのことを引きずっていて、恋のひとつもできないでいる。

それを思い出すと、藤枝に気を遣って、知りたいことの半分も聞いていない自分に腹が立ってくる。そんな気遣いなど無用だ。何故なら、自分はもう二度とここには来ないつもりだからだ。

「指輪……してないね。邪魔だから外しているの？」

祐輝は何気ないふうを装って尋ねた。

彼もまた何気ない口調で答えた。だが、彼はそのとき祐輝から目を逸《そ》らした。本当はなんでもないはずがない。結婚してまだ四年くらいだろうに、もう離婚しているなんて、結

「離婚したんだ」

婚は最初から失敗だったということだ。

祐輝はなんとなくほっとした。

え？　なんで、ほっとするんだろう。

もちろん同情する気はさらさらない。どちらかといえば、ザマーミロとでも言いたい気分でもある。もちろん、大人だからそんなことは口にしないが。

それでも、彼が独身であると思うと、何故だか嬉しかった。いや、自分にはもう関係ないことだと、よく判っている。二人の関係が元に戻るわけでもないし、戻りたいとも思っていない。

そうだ。あれだけ傷つけられたのに、そんなことを考えるはずがない。

「性格の不一致とか？」

「そんなところかな」

どうやら詳しく語るつもりはないようだった。プライベートには触れるなとでも言いたそうな、彼のバリアを感じた。

「君はあの彼女とどのくらい付き合っているんだ？」

いきなり自分のほうにお鉢《はち》が回ってくるとは思わなかった。祐輝は見栄《みえ》で嘘をつこうかと思ったが、なんとなく言えなかった。彼が離婚したと、あっさりと白状したからだろうか。

「昨日が初めてのデートだったんだ」

本当のデートの顛末《てんまつ》をすっかり話してしまうと、祐輝はすっきりした。やはり、嘘をつくのは性《しょう》に合わない。本当のことを言ったおかげで、祐輝の肩に載っていた荷物が消えたような気がした。

「そうだったのか……。だが、君にふさわしい人がきっと現れるよ」

それは一体誰だろう。少なくとも、藤枝自身ではなかったことは確かだ。彼の月並みな慰《なぐさ》めに、祐輝はどうしようもない悲しみを感じた。

馬鹿みたいだ。藤枝のことなんか忘れたいと思っているのに、彼と話していると、ますます深みにはまっていくようだった。

彼は離婚している。自由の身だ。誰と付き合っても構わないのだ。だが、自分と付き合うことはないだろう。

祐輝はもうあんな悲しみを二度と味わいたくない。今度、誰かと付き合うときには、あんな形で心を傷つけられない相手にしたいと思っていた。なのに、どうして自分はまだ藤枝に惹かれているのだろう。

以前の藤枝と、今の彼は少し違う。以前は若いこともあり、もっと自信たっぷりのオーラを放っていた。今の彼が、自信がなさそうに見えるというわけではない。けれども、今はとても穏やかで、あの頃よりもっと優しい雰囲気があるように思える。

今の藤枝のほうが好みだ。

そう考えてしまった祐輝は、そんな自分にうんざりした。男なんか好きじゃないはずなのに、どうして藤枝が目の前にいると、惑わされてしまうのだろう。

今、彼の胸に顔を埋めたら、コーヒーの香りがするかもしれない……。

いや、どうかしている。彼との縁はもうとっくに切れている。切れているものを元に戻すことはできないし、二人とも、それを望んでいるわけではないのだ。藤枝のほうだって、離婚はしても、恋人がいないと言ったわけでもない。きっと、彼なら、いくらだって恋人ができるだろう。新しい婚約者がいてもおかしくない。

どうして会社をやめて、小さなカフェのオーナーになっているのか判らないが、それでも彼は御曹司だ。生まれも育ちも、自分とは違う。複数の人間と付き合ったり、遊びで誰かを誘惑したりすることに、大して罪悪感も抱かない。そんな彼と自分は、考え方も好《この》みも違うし、二人が歩む道も交《まじ》わってはいない。

結局のところ、ここへ来ても、やはり藤枝への複雑な想いにけりはつかないようだった。だとしたら、どうすればいいのだろう。もう、こんなもやもやした気持ちで毎日を過ごすのはつらかった。

でも……本当にどうしたらいい？

四年も彼にこだわっているなんて異常だ。どうにかして、彼を忘れる方法はないのだろうか。そう考えると、いつまでもここにいて、彼と話している自分が愚《おろ》かに思えてくる。どうしても気になるからといって、わざわざここへ来ても、まったくの逆効果だったということだ。

それなら、一刻も早くここから出たほうがいい。二度と彼に関わってはいけない。とにかく、すべてを忘れるまでは。

完全に彼を忘れるまで、一体、何年かかるのだろう。祐輝はぞっとした。四年でもダメだった。可愛い女性とデートしても、まったく無駄だった。

それでも、ここにいれば、彼のことを忘れられない確率は高まるばかりだ。

もう……本当に忘れなきゃ。

コーヒーを飲み干《ほ》し、ふと目を上げると、藤枝の眼差しに出会う。彼はじっとあれこれ考えて苦悩していた自分を見つめていたのだ。

目が合った途端、なんとも言えない感情が胸にせり上がってくる。この甘酸《あまず》っぱい想いには、覚えがある。彼に恋していたときの感情だった。

恋なんて……。

あれは幻《まぼろし》だった。自分勝手でひとりよがりの恋だった。藤枝にとっては遊びだったのだから。今、彼がどんな眼差しで見つめてこようとも、それを信じてはいけない。そんなものは、すべてまやかしだ。

やっとのことで、祐輝は目を逸らすことに成功した。

「君はまだあのアパートに住んでいるのかい？」

祐輝は無意識のうちに頷いていた。

そういえば、以前、彼は一度だけ祐輝の部屋に来たことがある。二人の間に何もなかったが、彼が自分の部屋にいるというだけで、ドキドキしたことを今も覚えている。大学を卒業して、部屋を移ろうかと思ったこともあったものの、特に不自由もなかったので、ずっと住んでいる。

「あなたはもちろん……引っ越したんだろう?」

彼はあれから結婚したのだ。独身用の住まいから、当然、引っ越しているはずだ。祐輝は最後に訪れた彼の部屋を思い出して、切ない気持ちになった。

あのとき、キスを交わしたのが最後だったなんて……。

遊びのつもりなら、キスなんてしてほしくなかった。あのときすっかり舞い上がって、のぼせ上がっていた自分を見て、彼は楽しかったのだろうか。こっそり嘲笑《あざわら》っていたのかもしれない。

彼の穏やかな表情を見れば、そんな人間には思えない。しかし、彼に傷つけられ、そのせいで四年も恋ができないのは事実だった。

「あれから、二度引っ越した。今はもっと落ち着いたところにいるよ」

彼はペンを手に取ると、伝票の裏に何かすらすらと書いた。そして、それを祐輝に差し出す。

それには、住所と電話番号が書いてあった。恐らく彼が今、住んでいるところのものだ。

祐輝はそれを凝視したまま、固まってしまった。彼の住んでいるところに自分が出向くことはない。連絡を取ることもないだろう。ここへ来るのだって、最後にしようと思っていた。

それを告げようとしたが、店の中でそんなことを口にするのはどうかと思う。他にも客はいるのだ。

「黙って、受け取ってくれ」

まるで懇願《こんがん》するような眼差しで見られて、祐輝はどうしようもなく、それを受け取った。紙を折り畳《たた》み、スーツのポケットに入れる。

彼の連絡先……。

そう思うだけで、動悸《どうき》が激しくなるのは、何故なのだろう。彼との付き合いがまた始まるとでも思っているのか。そんなわけはないだろう。

そうだ。これには、なんの意味もない。あるわけがない。

「もう……帰るから」

祐輝は立ち上がり、財布を出そうとした。

「今日は奢りだ。この間、言っただろう？」

「あれはコーヒーのことだろう？　僕はカレーセットを頼んだんだ」

「今日はいいんだ。この次、来たときにはちゃんと払ってもらうから」

この次なんてない。そう言いたい気持ちを必死で抑えた。そんなことを宣言する必要はないのだ。来たくなければ来なければいい。それだけのことだ。

「じゃあ、この次のときに……」

なんとかそう言うと、藤枝は笑顔になった。

思わず見蕩れてしまうような笑顔で、祐輝はどうしようもなく気分が高揚してくるのを抑えきれなかった。自分は馬鹿なのかもしれないが、それでも彼の笑顔には心惹かれるものがあった。

「僕は日曜以外なら、だいたい店にいる」

彼がオーナー店長だろうに、日曜に休みを取るなんてめずらしい。

「でも、昨日は……」

「あれは偶然だった。いつも日曜に来てくれるバイトが休むことになってしまって……」

つまり、日曜にこの店に来て、彼に会える確率は少なかったのだ。これが天の配剤《はいざい》というべきものなのかと、ふと思ってしまったが、彼と自分が再会したところで、何も起こりはしない。こんなものは、ただの偶然だ。

「じゃあ、また」

祐輝はもう二度と来るつもりはなく、彼とも二度と会わないつもりでいながら、そう言った。

最後に見た藤枝の顔はとても優しそうで……。

心が揺《ゆ》らいだが、祐輝はそれを無視して、店を出た。

何故だか胸に淋しさが押し寄せてきて、急に泣きそうになった。四年前、彼に振られなかったなら、自分はどんな道を歩んでいたのだろう。脱サラして店を出す彼に協力して、一緒に働いていたのだろうか。

そんなことを考えても仕方ない。現実には、電話で別れを告げられ、一方的に振られた。そして、彼は二股かけていた女性と結婚してしまったのだ。

彼の結婚相手だって、彼が男と二股かけていたなんて知りもしなかっただろう。いや、厳密には二股とも言えない。彼とはキスしかしていない。笑ってしまうくらい清らかな関係だったのだから。

とはいえ、元々、彼は浮気癖があったのだろう。結婚してもそれが収まらず、妻を怒らせてしまい、離婚に至ったのかもしれなかった。そう思えば、結婚わずか四年で離婚しているという事実は、彼がだらしない男だったのだという証拠ではないだろうか。

祐輝は駅へと歩きながら、スーツのポケットに手を突っ込んだ。彼が渡してくれた連絡先を手の中でぐしゃっと握り潰した。

あんな仕打ちをしておきながら、連絡先を寄越《よこ》すなんて信じられない。彼はあのときのことを、もう忘れているのかもしれない。祐輝が傷ついているなんて、思ってもみないのだろう。

握り潰した紙を道端に捨ててしまおうかと思ったが、街の真ん中でゴミを捨てる気にはならず、そのまま手をポケットから出した。

頭の中は藤枝のことでいっぱいだった。彼の面影《おもかげ》をどうやったら振り払えるのか、見当もつかなかった。

その週、祐輝はずっと落ち着かなかった。もちろん原因は藤枝だった。彼のことがどうにも忘れられない。彼の声を聞き、彼の姿を見たかった。

結局、彼がくれた連絡先を捨てることもできず、手帳に貼《は》りつけてしまっている。今のところ、大した失敗もしていないが、こんなふうに集中できなければ、いずれ大変なことになるような気がしてならなかった。

藤枝と個人的に付き合う必要なんてない。けれども、顔を見るくらい、いいじゃないかとも思う。それで、少し心が休まるなら、そのほうがずっといい。あのカフェに時々出向くくらい、なんの害にもならない。

　そんな理屈をつけながら、祐輝は再びカフェに向かっていた。仕事があったため、この間より遅い時刻だったが、店はまだ開いていた。ドアを開けると、藤枝のいらっしゃいませという声が聞こえてきて、祐輝は懐かしい場所に帰ってきたような錯覚《さっかく》を覚えた。

「ああ、祐輝か。こっちに座るといい」

　彼は祐輝の顔を見て、とても嬉しそうな表情をした。ひょっとしたら、自分に会えて、彼も嬉しいのかもしれないなんて妄想《もうそう》をしてしまうくらいに。実際には、客が増えたくらいの気持ちかもしれないが。

　それでも、彼の声で『祐輝』と呼ばれたのは、嬉しかった。あんな仕打ちをされても、そんなことで喜んでいる自分は馬鹿だが、もうそれは自覚している。この一週間、本当に彼のことが頭から離れなかったのだ。自覚するしかないだろう。

　勧められたカウンター席に座ると、コーヒーを注文した。

「腹は空《す》いてないのか？」

「今日中にまとめなきゃいけない書類があって、それを片付けてる間にカップラーメンを食べたから」

藤枝は顔をしかめた。

「一人暮らしなんだから、栄養には気をつけたほうがいい。どうせ朝もロクなもの食べてないんだろう?」

祐輝は肩をすくめた。彼に説教されるとは思わなかったからだ。昔から、祐輝は朝には弱く、朝食を抜くことがよくあった。さすがに今は何か食べているものの、確かに大したものではなかった。パンを食べるとか、ご飯をお茶漬けにして食べるとか、そんな程度だ。一応、自炊《じすい》していて、料理は好きなほうだが、朝から自分ひとりのために何か作ろうという気にはならなかった。

「家に帰ってから、何か作って食べるよ。今はそれほど空腹ではないってことで」

「そういえば、君は料理が得意だったたな」

藤枝は懐かしむように言った。彼の部屋を訪れたとき、料理を作って食べさせたのだ。祐輝にとっては忘れられないことだったが、彼がまだ覚えているとは思わなかった。

「大した腕でもないさ」

「いや、なかなかの腕だったよ。君は確かお母さんが……」

祐輝は急いで頷いた。そのことを彼に言われたくなかったからだ。

自分には藤枝とのこと以外に、もうひとつ傷がある。母が早くに亡くなってから、祐輝は小学生のときに家の中のことを完璧にできるようになっていた。だが、父は祐輝にはあまり関心がないようだった。それでも、なんとか関心を得ようと、必死でおいしい食事を作っていたのだ。

だが、父は祐輝が中学に上がるときに再婚した。一言の相談もなく、ある日、家に女性を連れてきて『おまえの新しいお母さんだ』と言ったのだ。ずっといい子でいることを目指していた祐輝には、もちろん反対などできなかった。反対したところで、父の決定が覆《くつがえ》らないことを知っていたからだ。

その後、年の離れた弟妹二人が生まれた。祐輝は弟妹に懐かれ、彼らを可愛いと思っていたが、義母《はは》とは結局あまり上手くいかなかった。父は新しい妻に満足していたし、彼女との仲はよかった。幼い子供のことも可愛がっている。つまり、彼らは立派な『四人家族』となっていた。祐輝だけが家族の中にいるようで、心は別だった。

彼らは自分の家族ではない。そう思ったから、東京の大学に進学した。一人暮らしを始めてから、滅多《めった》に実家に戻ることはない。弟妹はともかくとして、自分は歓迎されない子供だったからだ。

ああ、だからこそ……。

藤枝の優しさに出会ったとき、心が惹かれたのだ。彼のマンションで手料理を作って、おいしいと言われた。

彼がまるで新しい家族のような気がして……。

もちろん、それは間違いだった。あれから四年経っても、自分は一人きりだ。家族なんていない。どこへ行っても、自分は一人なのだ。

「すまなかった」

「え……？」

目の前にコーヒーが置かれて、祐輝は自分がつい昔のことを思い出していたことに気がついた。

「君はあまり家族のことを話すのが好きじゃなかったな」

「別に大したことじゃない。母の代わりに料理をしていたら上手くなったというだけだ」

四年前、祐輝は彼に何もかも打ち明けていた。自分の家族はいないも同然だと思っていることも。

それを知っていながら、彼は自分を捨てたのだ。もちろん、自分とのことはただの遊びだったのだから、捨てたのなんのという恨《うら》み言《ごと》を口にする気はない。恨んだところで仕方がないのだ。彼に期待していた自分が愚かだったというだけだ。

彼は家族の代わりにはならなかった。新しい家族ではなかったのだ。

祐輝はコーヒーの香りを嗅いだ。たとえ一時の安らぎでも、大事にしたい。藤枝とこんなことで言い合いをしたくはなかった。

そう。自分がここに来たのは、彼の顔を見るためなのだから。

祐輝は目を上げて、藤枝のほうを見た。彼もまた祐輝を見つめている。彼の眼差しはまるで自分を包むような温かいものに見えた。

そんなはずはない。自分はまた幻を見ている。こうであってほしいという願いのままに、現実ではないものを見ているのだ。

彼との縁はとっくに切れている。元になんて戻れない。それでも、どうしても彼に会わずにはいられなかった。彼が離婚していると聞いたからだろうか。実際、彼が幸せな結婚生活を送っていると聞いたなら、絶対に今、ここにはいない。

彼と再会して以来、祐輝の心は揺れていた。それでも、彼の顔を見ずにはいられなくて、自分はここに来ている。叶《かな》うことのない恋をしているのだ。

再会なんてしなければよかった。そうすれば、こんなつらい思いをせずに済んだのに。

祐輝は自分が情けなくて仕方がなかった。どんなにひどい男だと思ってみても、心は上手くコントロールできない。どうして、彼でなければいけないのだろう。他の男でも、もしくは他の女でもいいだろうに、どうして彼にこだわるのか、自分でも理解できなかった。

カウンターの向こうにいる藤枝は、以前よりはるかに魅力的な男になっている。この四年間、彼に何があったのだろう。彼のことが知りたくてたまらなかった。知ったところで、彼が自分のものになるわけでもないのに。

ふと、気づくと、客がほとんどいなくなっていた。藤枝もさり気なく後片付けをしているようだった。

「もしかして、もう閉店時間？　早いんだな」

時計を見ると、もう九時半だった。

「うちは店を閉めるのが早いんだ。でも、もう少しゆっくりしてもらってもいいよ。君は昔の……友人だから」

『友人』……。

その単語に、祐輝は傷ついていた。いや、確かに友人に違いない。デートはしていたが、結局キスしかしなかった。しかも、一回だけだ。あんな程度で恋人だなんて言えるわけはない。

それでも、友人だと言われたことが悲しかった。昔のことは、彼にとって、本当になんの意味もないことだったのだろうか。こんなに優しそうな顔をしているのに、心は冷酷なのだろうか。

信じられないが、それでも信じないわけにはいかない。あれはただの遊びだったのだ。だから、自分もそのつもりで彼に接しなければならない。彼のことがいくら恋しくても、元には戻せないものがある。

それなのに、僕はまたこの店に来てしまった……。

祐輝がこんなに未練《みれん》を持っているなんて、藤枝は思ってもいないだろう。ただの昔の友人だから、少し親切にしてみせただけだ。それだけのことなのに、自分が勝手に勘違いしていたのだ。彼の優しさになんらかの意味があるかもしれない、なんて。

祐輝はコーヒーを飲み干すと、立ち上がった。

「もう帰るよ。迷惑になるといけないから」

「迷惑なんてことはない」

「いや、本当に……」

最後の客がレジに向かっている。藤枝は接客するために、さっとそちらに向かった。客が帰った後、藤枝はクローズドの札を出して鍵を閉めた。

客はもう祐輝しかいない。厨房のほうに一人、従業員がいるようだが、店には藤枝と祐輝の二人しかいなかった。

「鍵をかけなくても……。これから僕が帰るんだけど」

藤枝は首を横に振った。

「あと少しだけ付き合ってほしいんだ。その……二人だけで話したいことがあるから」

二人だけで……？

その言葉に、祐輝の気持ちは高揚した。だが、そんなふうに舞い上がるのは間違いだと、自分を諭《さと》す。今更、なんの話があるのだろう。二人きりでないとできない話なんて、ロクでもないことに決まっている。

なのに、藤枝の切羽《せつぱ》詰まったような眼差しを見ているうちに、祐輝は頷いていた。どうしても彼の話を聞きたい気持ちにさせられていたからだった。

藤枝は店をさっと片付けた後、厨房にいた従業員に声をかけて、祐輝を伴って店を出た。

「話したいことって……？」

てっきり、従業員が帰った後、店の中で話をするのかと思っていたが、そうではなかった。彼は帰りを急いでいるようにも見える。

「ああ、悪い。うちまで来てくれ」

「えっ……」

いきなり彼の部屋に行くのかと思うと、なんだか心が怖気《おじけ》づいてしまう。もちろん、四年前のようなことはないだろうが、それでも祐輝としては意識してしまうのだ。

「どこかバーに行くとかじゃダメなのか？」

「……ごめん。その……急いで帰らなくちゃいけないんだ。その理由も後で話すから」

帰りに誰か待っている人がいるのだろうか。そういえば、離婚したとは聞いたが、他に女性がいないとも聞かなかった。

その考えは、祐輝の心を凍らせた。

けれども、彼は二人きりで話したいと言ったはずだ。帰りを待つ人がいるなら、二人ではない。それとも、その『誰か』は、彼にとって当然いるべき人で、わざわざ数に入れてないだけなのかもしれない。

祐輝は疑心暗鬼《ぎしんあんき》になりながらも、藤枝についていった。何度もやめたほうがいいと思ったが、どうしてもそう言い出せない。結局は彼と二人きりになるという考えに、半ば惹かれているのだ。

藤枝は少し離れた場所にある駐車場に行き、そこにあった車の助手席のドアを開いた。

「乗って」

車に乗り込むと、彼はドアを閉めてくれた。まるで、女性のような扱いだった。そう思って、祐輝は苦笑した。

二十歳《はたち》の頃なら、自分はまだ少年っぽさが残っていた。やや童顔ではあるものの、今はもう立派な大人だ。責任ある社会人であり、体格だって、昔ほど細くはない。彼が自分を見て、女性を連想することは決してないだろう。

何もかも自意識過剰のなせる業《わざ》だ。藤枝は祐輝に対して、昔の友人くらいに考えているのだから、こちらも同じように接したらいい。

もちろん、そんなに簡単にはいかないのは判っていたが。

藤枝は運転席に座り、ふとこちらに顔を向けた。それに気づいて、祐輝も彼のほうに視線を向ける。

暗がりの中で、目と目が合う。

ああ……たったこれだけで身体が熱くなるのは、きっと自分だけだ。

そう思うと、悔しくてならない。今も彼は祐輝の気持ちを高ぶらせる。こんなことに気づきたくなかったのに。

彼は視線を逸らすと、まっすぐ前を向いて、何も言わずに車を動かした。何か言いたげな様子をしていたと思ったのは、気のせいだったのだろうか。祐輝はこれから向かうところに不安を抱きながらも、何も言わなかった。

彼の住むマンションはいかにも高級なマンション……ではなかった。以前、住んでいたところは、確かに独身用の住まいではあったが、お洒落《しゃれ》な匂いのするデザイナーズ・マンションだった。

今は違う。ごく普通のマンションだった。四年前なら、彼がこんなところに住むとは思わなかっただろう。

「こっちだ」

車から降りた祐輝の肩に、藤枝の手が触れた。一瞬ドキッとして、身体が震える。藤枝は祐輝のほうをちらりと見て、微笑んだ。

「別に君を取って食《く》おうというわけじゃない」

「そんなこと、判ってる」

動揺したのを知られたくなくて、祐輝は精一杯、虚勢《きよせい》を張った。彼は気にもしてないのだろう。四年前の彼の言葉を、祐輝はまだ覚えている。

『次に来たときはベッドに連れていくよ』と、彼は言ったのだ。もちろん、それが今日だとは思わない。二人の仲はもう終わったのだから。

藤枝の部屋は最上階の六階にあった。彼がドアを開けると、中には明かりがついていて、テレビの音が小さく聞こえる。やはり、誰かいるようだ。

祐輝はぞっとした。ここで藤枝の彼女と対面しなくてはならないのだろうか。そこまで、彼は残酷だったのだろうか。

「どうぞ、入って」

言われるままに、祐輝は靴を脱いだ。ここまで来たのだから、中に誰がいようと、今更帰るわけにはいかない。

玄関ドアが開いたのを聞きつけたのか、リビングのドアが開いて、中から女性が出てきた。しかし、その女性はどう見ても、藤枝の母親くらいの年齢だった。彼女は笑みを見せると、玄関のほうへとやってきた。手にはバッグを持っている。

「お帰りなさい。ショウちゃんはもう眠ってますから。私はこれで」

ショウちゃんとは……誰だろう。祐輝は藤枝を見たが、彼はまだ何も説明する気はないようだった。

「西岡《にしおか》さん、遅くまでいてくれて、ありがとう。気をつけて帰ってください」

「ええ、では明日」

彼女は祐輝を見て、微笑みながら会釈《えしやく》した。彼女が誰なのかよく判らないが、祐輝もとりあえず会釈を返す。彼女が出ていくと、藤枝は祐輝の肩にまた手をかけた。

「リビングのほうへ行こう」

「あの……今の人は？　家政婦さん？」

「家政婦と……シッターをしてもらっている」

シッター……？

ようやく、祐輝にも『ショウちゃん』なる人物が誰なのか判った。

彼には子供がいたのだ……！

祐輝は愕然とした。離婚したとは聞いたが、まさか子供がいるとは思わなかったのだ。だが、彼が結婚すると言ったのは、四年前のことだ。結婚生活がいつまで続いたか知らないが、子供の一人や二人いても、まったくおかしくなかった。

だが、何故だか胸の奥に痛みを感じた。当たり前の話だが、子供をつくるためには、相手と寝なくてはいけない。彼が女性を抱いているところを想像すると、胸が張り裂けそうなくらいつらかった。

彼が僕のものだったことなんて、一度もないのに……！

嫉妬なんて勘違いも甚《はなは》だしい。自分はただの友人だった。キスしたが、それだけの関係だ。祐輝が勝手に盛り上がっていただけのことだった。

それでも、彼が女性を抱いた証拠があるのだと思うと、やるせない気分になった。結婚したことを知っているのだから、今更、そんなことで落ち込むのは間違っている。清らかな結婚なんて、あり得ないのだから。

リビングには幼い子供がいるような雰囲気があった。おもちゃは片付けられていたものの、ソファの上にアニメのキャラクターのクッションが置いてあったり、テーブルにはシールが貼りつけてある。

藤枝はテレビを消して、祐輝にソファを勧めた。

「何か飲むかい？」

祐輝は呆然としながら、頷いた。

「その……まさか子供がいたとは思わなくて……」

彼は肩をすくめた。

「子供ができたから結婚したんだよ」

あまりにもさり気なく言われて、祐輝は思わず聞き逃すところだった。

子供ができたから結婚した。彼が突然、結婚すると告げた理由が、やっと判った。とはいえ、彼が祐輝と付き合っている傍《かたわ》らで、女性とも付き合っていたことには変わりはない。

思わず溜息をつきそうになったが、祐輝はそれを堪《こら》えた。彼に子供がいたことで、落胆《らくたん》していると思われたくなかったからだ。まったく自意識過剰だ。藤枝のほうは、祐輝を昔の友人だと思っているから、そんなふうには思わないに違いないのに。

「水割りでいいかな？」

「ああ……うん」

まだショックが抜けない。彼に子供がいることを聞いても、頭が拒絶している。どれだけ自分は馬鹿なのだろう。相手にはなんの興味も持たれていないのに、未だに彼のことをこんなに意識している。

藤枝か水割りの用意をして、テーブルの上に置く。そして、さっきの女性が作ってくれたらしい料理を並べ始めた。肉じゃがとサラダだった。

「これって、あなたの夕食なんじゃ……」

彼の夕食のおかずを半分横取りするような気になり、祐輝は困った。

「酒のつまみにしよう。どのみち、こんな時間だ。そんなに食べられないよ」

酒を飲みながら食べるには、半分でちょうどいい量かもしれない。カップラーメンしか食べなかった祐輝も、そろそろ腹が空《す》く頃だった。

「じゃ、遠慮なくいただきます」

祐輝はその代わりグラスに水割りを作った。彼の部屋に来て、酒盛りをすることになろうとは思わなかったが、昔の友人としてなら、これもありかもしれない。昔の恋人と思うから、不自然な気がするだけで。

二人は水割りを飲みながら、料理を食べた。

「その……話したいことって？」

藤枝が黙っているので、祐輝が促した。二人だけで話したいことがあると、彼は言ったのだ。一体、なんの話があるのか知らないが、酔っ払ったりする前に、聞いておくべきだろう。

藤枝は躊躇《ためら》いながらも口を開いた。

「……四年前のことだ。君の心を傷つけたんじゃないかと思って……」

祐輝は水割りを一口飲んだ。

彼はそれに気づいてないわけではなかったのだ。つまり、昔の友人だと、本当に思っていたわけではなかったのだろう。そして、何もなかったかのように笑顔で話しかけてきたのも、演技だったに違いない。

つまり、彼は当時、祐輝と付き合っていたという自覚があったというわけだ。

祐輝はそれを知って、少しほっとした。ひとりよがりではなかったということで、あのデートにも、キスにも、意味はあったのだ。

でも、どんな意味があったというのだろう。結局は遊びに過ぎなかった。

祐輝は自分の想いを否定したかった。いや、彼とのことが本気だったのだと、彼自身に知られたくなかった。そんな惨《みじ》めなことには耐えられない。

四年前も、今も、祐輝は自分のプライドを大事にした。彼が結婚すると聞いて、すがるような真似は絶対にできなかった。泣いたり怒ったり、そんな感情を露にすることができなかったのだ。祐輝はただ何もなかったかのように、彼との別れを淡々と受け入れただけだった。

「別に……僕は傷つくなんて……」

けれども、彼の目をまっすぐに見ることはできなかった。視線を逸らし、グラスにまた口をつける。

「本当に……？」

藤枝に首の後ろに手を添えられ、そちらを向かせられる。彼の真摯な眼差しと出会ってしまって、どうしても目が離せなくなった。

「君は本当に傷つかなかったのか？」

彼の眼差しは祐輝の胸の奥まで見通しているような気がした。彼の苦しい胸の内を何もかも見抜いているようで……。

気がついたら、頬に涙が流れ出していた。それを拭《ぬぐ》おうと手を延ばしかけたが、彼に手首を掴まれた。そして、涙が流れている頬に、熱い唇が押し当てられる。

あまりの優しい仕草に、気が遠くなりそうだった。涙にキスをされている。まるで、長い間、押し隠していた傷跡を癒されているような気分になった。たったこれだけのことで、自分の胸の中は喜びが溢《あふ》れ出している。

「祐輝……」

彼の穏やかな声が自分の名前を呼んでいる。いつの間にか閉じていた目を開けたが、彼の顔はまだ目の前にあった。その顔が再び近づいてきて、祐輝はまた瞼《まぶた》を閉じる。

ああ……。

唇に吐息を感じる。彼とキスしたい。唇にキスしてもらいたい。

そんな欲求が身体の底から込み上げてきた。祐輝はたまらず、彼の背中へと両手を延ばした。すると、彼もまた祐輝の背中に手を回して、抱き締めてくる。

唇が触れ合った。熱い吐息を感じる。胸が震える。完全に唇が重なったとき、祐輝はたまらないほど幸せだと思った。心の底から、そう感じたのだ。

藤枝は祐輝の唇の隙間を割って、舌を差し込んできた。祐輝の身体が打ち震える。こんなことは初めてだった。以前したキスは、こんなものではなかったからだ。子供のようなキスをしただけで、二人の仲は終わってしまっていて、それから祐輝は誰とも付き合わなかった。

つまり、これが最初のキスのようなものだった。

彼の舌が祐輝の舌をからめとり、味わっている。キスがこんなにも身体を熱く燃え立たせるものだなんて、今まで知らなかった。彼とベッドに行けていたら、もっと前に知っていた感覚だったに違いない。

二人は夢中で唇を交わしていた。今はもう四年前の出来事なんて、どうでもよかった。今、彼が自分にキスしてくれていることだけが重要だったのだ。

唇を離したのは、どちらだったのだろう。どのみち、ずっとキスしていることはできない。祐輝は彼の唇を見つめながら、名残惜《なごり》しさを感じた。彼が許してくれるなら、もっとキスをしていたかったからだ。

「祐輝……僕はあのときちんとした説明をするべきだったと思っている」

彼の冷静な声を聞いて、祐輝は現実に引き戻された。

四年前のことなんて話したくない。傷ついたあの日になんて戻りたくなかった。彼とのキスに溺《おぼ》れて、すべてを忘れてしまいたかったのに。

「もう……いいんだ。昔のことは……」

「いや、どうしても説明させてくれ。ずっと後悔していた。もちろん、どんなに説明したところで、あのとき僕が結婚しなければならなかったのは変わらなかったけど」

祐輝は彼の子供のことを思い出して、背中に回していた手を離して、そっと身を引いた。

結婚……。子供……。そのどちらも、藤枝が僕との付き合いでは得られなかったものだ。

「あなたは……『恋人』に子供ができたから、責任を取って結婚した。そういうことだろう？」

「違う」

藤枝の瞳は切《せつ》なげに細められていた。

「違う……？」

どんなに言葉を飾ってみても、それは変わらないはずだ。彼はどんな言い訳をしようとしているのだろう。

「子供の年齢は、三歳五カ月なんだ」

それが何を意味するものなのか、少し考えなくては判らなかった。祐輝が彼と別れたのは、丸四年前だ。そして、彼と付き合っていた期間は一カ月に過ぎなかった。彼の元妻が妊娠したのは、その前ということになる。

「じゃあ……ひょっとして……」

「そうだ。恋人ではなく、元恋人だった。君と付き合っていた間、他の誰とも付き合っていない。あのときの恋人は、君一人だった」

彼の言葉のひとつひとつが、祐輝の胸に響いた。

恋人……。

祐輝が彼を恋人だと思っていたのは、間違いではなかったのだ。彼は遊びではなかった。本気で彼をベッドに連れていこうとしていたのだ。

「彼女との仲はもうとっくに終わっていた。それでも、彼女に憔悴《しょうすい》した顔で妊娠したのだと告げられて、突き放すわけにはいかなかった。どんなに君と一緒にいたくても……仕方がなかったんだ」

あのとき、それを説明されたとしても、つらくてたまらなかっただろうと思う。しかし、説明されていたとしたら、藤枝に対する印象はまったく違っていた。それに、他の誰とも付き合えないほど、心に傷をつけられることもなかったはずだ。

「あのときは……君に真実を告げないことが一番だと思っていた。君に憎まれていれば、僕は結婚生活に集中することができる。生まれてくる子供のためにも、君に会いたくてたまらなくなる気持ちを、僕は抑えなくてはいけなかった。だから……君をあんな形で傷つけた。君のためだったなんて嘘はつかないよ。僕は君への想いを断ち切る方法を、他に思いつけなかったんだ」

仮に、彼の本音を知っていたとしたら、自分は彼への気持ちを容易《ようい》に振り切ることができただろうか。なかなかできずに苦しんだに違いない。相思相愛だと知っていたら、余計に他の恋なんてできなかったかもしれない。

もちろん、今も他の人間に目が向かないのだから同じことだが、彼を憎んでいるほうが楽だったことは確かだ。

「あなたが結婚しなければならないと思った気持ちは判る」

自分が妊娠した元恋人を見捨てるような人間だったなら、そちらのほうがショックだ。彼は自分が思っていたとおりの男だった。それが何より嬉しかった。

「あなたが僕にそれを言わずにおいたのも……理解できる。僕は僕で、すごくつらかったけど……あなたも苦しんだんだって……」

あの頃はそうしなければならなかったのだ。昔のことを掘り起こすのはつらいが、それでも、彼の話を聞いてよかったと思う。聞かなかったなら、祐輝はずっとこれを引きずっていただろう。

「すまなかった。君まで苦しめてしまって……」

「いいんだ。ありがとう。本当の話が聞けてよかった」

自分の苦しみに終止符が打たれた。藤枝は二股をかける卑劣《ひれつ》な男ではなかったし、それどころか元恋人に子供ができた責任を取る男だった。そして、結婚生活に全力を尽くした。今になって、当時の彼の気持ちを聞いて、祐輝は満足だった。自分が彼のことを想っていたのと同じくらい、彼も自分を想ってくれていた。あの恋は悲惨《ひさん》な結末を迎えたが、それでも両想いであったことは間違いないのだ。

「でも、奥さんとは上手くいかなかったんだね？」

祐輝は遠慮がちに彼の結婚生活のことを尋ねた。彼の妻は一体どんな人だったのだろう。結婚生活が上手くいかなかったのは、彼が自分に気持ちを残したままだったからなのだろうか。

そう思うと、まるで結婚の破綻《はたん》が自分に責任があるかのように感じてしまう。

藤枝は一瞬困ったような顔をしたが、それでも口を開いた。

「彼女は僕の実家の財産目当てだったんだよ……」

「えっ……」

あまりに予想と違うことを聞かされて、祐輝は驚いた。そんな女がいることは聞いているが、自分の周囲にもいるとは思わなかったのだ。

「僕が彼女と結婚することを父親に報告したら、猛反対されたんだ。もっとふさわしい女性がいるからと、子供を堕《お》ろすように言われた」

「そんな……！」

財産目当てで結婚する女がいるかと思えば、今度は自分達の孫を殺そうとする親がいる。とても信じられなかった。早くに亡くなったという彼の母親が生きていたら、そこまで極端なことは言われなかったかもしれないが。

「親は僕を勘当《かんどう》すると脅《おど》したが、僕は彼女と結婚した。会社もやめなくてはいけない羽目《はめ》になったが、前からやりたかったカフェを経営することにした。覚えているかな？　僕が飲食店経営に興味を持っていたのを」

そういえば、そんな話もしたことがある。居酒屋で働く祐輝に、いろんな質問をしてきたのだ。けれども、まさかその頃はエリート街道を歩む彼が本気でそんなことをしたいと考えているとは、まったく思わなかったのだ。

「彼女にとっては、僕が勘当されるなんて計算外だった。派手な結婚式も、外国へのハネムーンもなしで、夫はエリート社員だったはずが、カフェのオーナーになり、朝から晩まで働いている。僕は精一杯、彼女を気遣っているつもりだったが、こんなはずじゃなかったと彼女は思ったんだろう。家事もせずに、遊び歩いていた。金遣いが荒くて、僕は何度も注意した。子供が生まれれば、きっと落ち着いてくれるだろうと思ったが、その逆だった」

「逆って……ひどくなったってこと？」

「子供の面倒なんて見たくなかったんだ、彼女は。邪魔な荷物みたいに思っていて、家に置き去りにして、何日も帰らないときもあった」

祐輝はそれを想像して、ぞっとした。幼い弟妹の世話をしていたから判るが、普通の人間なら赤ん坊を置き去りになんかできるわけがない。すやすやと眠っているときだって、いつ起きて泣き出すか判らないのだ。泣いているかもしれない子を放って、遊びに出かける母親がいるとは思わなかった。

「もちろん僕はベビーシッターを頼んだ。母親はいないも同然だった。彼女は母乳を与える気もなかったし、変わってしまった体型と逃した財産のことを嘆《なげ》くばかりだったから、子供が生まれて半年で離婚した。彼女は慰謝料まで要求したよ」

「それって……払う義務があるかな？」

「払ったよ。厄介《やっかい》払いをしたかったから。都合のいいときに舞い戻ってきて、母親面《づら》をされたらたまらない」

確かにそうだ。そんな人間がドラマや映画ではなく、現実に存在することが信じられなかったが、存在する以上、気をつけたほうがいいに決まっている。

「すごく苦労したんだね……。僕があなたの奥さんなら、絶対にそんな真似はしなかったのに」

思わずそんなことを呟《つぶや》いてしまって、祐輝ははっと口を押さえた。

一体、僕は何を言っているんだ。僕が彼の奥さんになることなんて、あるわけがない。結婚もできないし、子供も産めない。いや、それ以前に、彼だって僕と生活することなんて、想像もしていないだろう。

藤枝は目を丸くして、祐輝を見つめていた。急に恥ずかしくなり、口ごもった。

「ご、ごめん……。変なこと言った」

「いや……嬉しいよ」

彼はゆっくりと微笑した。とても優しげな目つきをしていて、なんだか余計に気恥ずかしくなってくる。

「僕は君と出会う前、あまりよく考えずに女性と遊んでいたんだ。その……向こうが誘いをかけてくるから……とか、美人だからとか、そんな些細《ささい》な理由でだ。僕はモテるから、それが当然だなんて思っていた。すごく傲慢《ごうまん》な男だったんだ」

「そんなふうには思えなかった……。あなたはすごく優しくて、真面目に見えた」

「君の前ではそうだった。あのときまで、男と付き合ったことはなかったけど、もしかしたら男のほうが好きなんじゃないかと思っていたんだ。君と付き合ってみて……僕は女が嫌いだったんだって判った。愛情もなくて、欲望のはけ口みたいに扱っていた。そんな失礼なことをしていたから、あんな女と結婚する羽目になったのかもしれない」

祐輝は彼が自分と遊びで付き合っていたのだとずっと思っていた。しかし、彼の話を聞けば、遊びだったのは女性のほうだったのだ。それでも、子供ができたら、責任を取ろうとしたのだ。彼は高潔《こうけつ》な男だった。

「僕は最初あなたに付き合ってほしいと言われたとき、あなたはゲイなんだって思った。でも、結婚するって聞いたとき、そうじゃなかったんだって……」

「肉体的にはバイなんだろう。でも、僕が初めて好きになったのは君だった。君だけが僕を虜《とりこ》にしたんだ」

祐輝は彼の言葉を聞いて、すっかりのぼせ上がりそうになった。彼がそんな気持ちでいたことなんて、祐輝はまったく知らなかった。いや、無理もない。自分はあの頃、まだ二十歳だった。世間もよく知らず、子供のようなものだったのだ。

「藤枝さん……」

胸がいっぱいで声が震える。なんと言っていいか判らなかった。喜んでいいのか、それとも四年前にそれを知らされなかったことを悲しんでいいのかも判らない。

「その……これで君とよりを戻したいと願うのは、確かに虫が良すぎるよな。ただ、再会して嬉しかったたし、今なら君に本当の気持ちが告げられると思って、ここに来てもらったんだ」

祐輝は自分の頭を冷やすために、水割りを口にしたが、余計に頭が熱くなることに気がついて、グラスをテーブルの上に戻した。熱くなっているのは頭だけではないかもしれない。身体も熱い。彼とキスしてからだ。

「僕も……ずっと自分の気持ちを打ち明けなかった。あなたに引きずられて、なんとなく付き合っているふりをしていたし、別れを告げられたときも平気なふりをした。あなたがそんな気持ちでいてくれてたなんて……」

「僕も君に自分の気持ちを伝えなかった。いや、本当は自分の気持ちに気づかないふりをしていたのかもしれない。自分が恋した相手が男だったとは信じたくなかったのかな」

祐輝は彼の言葉に頷いた。何故なら、自分もそうだったからだ。あの頃、藤枝に惹かれながらも戸惑っていた。彼に惹かれていると認めてしまったら、もう元の自分に戻れないような危機感を抱いていたのは確かだった。

ただ、キスをされて、すべて投げ打ってもいいと思うようになっていた。それどころか、早く彼のベッドに行きたいとさえ思っていたのだ。

「でも、今なら自分の気持ちが判る。あのときからずっと……君が……」

両肩に手をかけられ、熱い眼差しで見つめられる。きっとまたキスをされる。けれども、祐輝は逃げたいとは思わなかった。

彼のことは信じられる。もう、二人の間になんのわだかまりもない。今はただ彼の腕に抱かれて……。

彼の唇が近づいてくる。祐輝はそっと目を閉じた。

そのとき、子供のけたたましい泣き声が奥から聞こえてきた。藤枝は祐輝からぱっと離れて、立ち上がる。もちろん祐輝も我《われ》に返った。

「ごめん。目が覚めたらしい」

祐輝は頷いた。そういうことは、よくあることだ。弟妹が小さい頃は同じように夜中に目を覚まして、泣いていたのだ。

藤枝は奥の部屋へ行くと、子供を抱き上げてあやした。子供はしゃくり上げながら、彼に訴《うった》えていた。

「パパがいなくなっちゃった……！」

「パパはいるよ。ショウは夢を見たんだよ」

「夢じゃないもん。パパ、いなかった」

「パパはここにいるだろう？　仕事でいなくても、ちゃんとショウのところに戻ってくるんだよ」

親子の会話を聞いていて、何故だか祐輝は泣きたくなってしまった。自分も子供の頃に母親を亡くして、父親しかいない時期があったからだ。そんなに小さくはなかったが、それでも淋しくて仕方がなかった。けれども、自分の父親は藤枝のように優しくはなかった。冷淡だったと言ってもいいくらいだ。

彼の子供は、母親はいないが幸せだ。こんなに父親に愛されているのだから。

子供はしばらくぐずっていたが、唐突《とうとつ》にはっきりした声で言った。

「パパ、おしっこ！」

「はいはい。トイレに行こうね」

藤枝は子供を抱いたまま、彼をトイレに連れていった。それで、子供は目が覚めたのか、次の要求を口にする。

「パパ、喉渇《のどかわ》いた」

「ちょっとだけだよ。またトイレに行きたくなるからね」

そう言いながら、子供を抱いた藤枝がリビングに現れた。昔の彼に比べて、穏やかな雰囲気になったのは、きっと子供がいるせいなのだろう。

子供は見知らぬ大人がいることに気づいて、目を丸くする。

「知らない人がいる！」

「こんばんは、ショウ君」

「こんばんは！」

彼は手足をばたばたさせて、藤枝に下ろしてもらった。

「パパのおともだち？　おじさん？　おにいさん？」

おじさんなどと言われたのはショックだが、三歳児にとっては、大人の男はおじさんに見えるのだろう。

「おにいさんだよ。祐輝って言うんだ」

「ユウキ？」

彼はぱっと顔を輝かせる。こちらに近寄ってくると、祐輝の膝の上に登ってきて、ちょこんと座った。初対面の子供にこれほど懐かれたのは初めてで、祐輝も驚いたが、藤枝のほうはもっと驚いているようだった。

「ねえ、ボクのおともだちにもね、ユウキくんっているんだ。同じ保育園なんだよ」

「ショウ君、保育園に行ってるんだ？　いいねえ。楽しい？」

「楽しい！　おともだち、いっぱいいるんだ！」

本当に楽しそうだ。それなら藤枝も安心だろう。カフェの仕事は夜が遅いから、家政婦に任せなければならないのだろうが、今のところ親子の間は上手くいっているようだった。

藤枝は子供に水を持ってきた。

「ほら、零《こぼ》さずに飲むんだぞ」

「はーい」

彼は両手でマグカップを持って、少量の水を飲んだ。

「ショウ君って、藤枝ショウ君でいいのかな？　ショウタとか、ショウイチとかじゃなくて？」

「ショウだ。飛翔《ひしょう》の翔《しょう》という字を書くんだよ」

藤枝は漢字まで説明してくれた。

「あのね、ショウタくんもいるよ。保育園に！」

翔はよほど保育園のことが好きらしい。それにしても、自分の膝の上に藤枝の子供がいると思うと、変な気分になってくる。彼と似たところがあるかどうか、顔を見て、こっそり探してみるが、よく判らない。しかし、母親似だとしても、彼はとても可愛い顔をしている。祐輝はすっかり彼が気に入っていた。

「翔君、そろそろ寝ないと、明日起きられなくなるよ」

藤枝は手を延ばして、彼を抱き上げようとした。だが、それを拒否して、祐輝の首に小さな両手を回してきた。

「ボク、大人のユウキくんと寝るの」

「ダメだよ。大人のユウキ君……じゃなくて、祐輝お兄ちゃんはお客さんなんだから。翔君は、おやすみなさいって……」

「いやっ。ユウキおにいちゃんにご本を読んでもらうの！」

藤枝が祐輝から引き剥《は》がそうとすると、翔は意地になったように、ますますしがみついてきた。祐輝は苦笑しながら、彼を抱き上げて立ち上がった。

「翔君、お兄ちゃんがご本を読んであげたら、寝るんだね？」

「祐輝……君がそんなことをしなくても……」

「いいんだ。僕は子供の世話には慣れているから」

何しろ子供が一旦《いったん》、主張しだすと、納得させるのは大変なのだ。だったら、早く寝かせてしまって、藤枝ともっとゆっくり話したい。いや、話だけではなく、さっきの続きをしたい。

つまり、下心は満載なのだが、祐輝はそれを顔に出さないようにして、翔を抱いて寝室に向かった。そこには布団《ふとん》が二つ並べられていて、ひとつが乱れているところを見ると、こちらが翔の布団なのだろう。

祐輝はそこに翔を寝かせると、スーツの上着を脱ぎ、ネクタイを外した。枕元にある蛍《けい》光《こう》スタンドの明かりをつけ、その横にあった絵本を手に取る。

懐かしい……。

ひらがなばかりの絵本を妹に読んでやったのは、もうずいぶん前のことだった。祐輝は翔の隣に身体を横たえると、絵本を読み始めた。

「むかしむかし、あるところに三匹の子豚がいました……」

翔は目を輝かせて聞いている。寝かせるのは、なかなか大変そうだ。そう思いながら、祐輝は静かな声で絵本を読み続けた。

途中であくびが出る。翔を寝かせる前に自分が先に眠ってしまいそうだった。いや、そんなわけにはいかない。もう一度、藤枝とキスをしたい。そして、何より、ここは藤枝の部屋であり、自分の部屋ではなかったからだ。

祐輝は肩を揺すられて、目を覚ました。

「え……？」

目を開けたが、一瞬、ここがどこなのか判らなかった。だが、すぐに状況を思い出す。自分は藤枝の部屋にいて、彼の子供を寝かせている途中だったはずだ。

とはいえ、いつの間にか自分も寝入っていたようだった。ぼんやりしていたが、すぐに辺りが明るいことに気がついた。

「ユウキおにいちゃん、お寝坊《ねぼう》さんだねえ」

祐輝の肩を揺すっていたのは、翔だった。まさしく『お寝坊さん』だ。翔を寝かせるつもりが、一緒に眠っていたのだ。しかも、一泊《いっぱく》してしまった。藤枝はどう思っただろう。彼の子供と寝入ってしまった自分を。

きっと迷惑だったに違いない。もう一組の布団を見ると、寝た跡がある。自分は藤枝が横に寝ていたのに、まったく気づかなかったのだ。

祐輝は素早く起き上がると、リビングのほうに向かった。藤枝はエプロンをつけて、キッチンで朝食を作っていた。

「おはよう。昨夜は相当、疲れていたようだね。気持ちよさそうに眠っていたから、起こすのもしのびなくて」

「ごめん……。つい眠ってしまって……」

せっかくいいムードだったのに、すべてが台無しだった。この朝の光の中では、自分が馬鹿みたいに思えた。

「今日は休みなんだろう？」

「あ……うん」

今日は土曜だった。会社は休みだ。

「翔を保育園に連れていった後、仕事に行くついでに君を送るから。顔でも洗って、身支度を整《ととの》えてくるといい」

今朝はもう完全に父親の顔になっている。昨夜のことは、魔法にかけられたようなものだったのだろうか。もう二度とあんな雰囲気にはならないのか。そう思うと、なんだか切なかった。

四年前の二人の関係が戻ってきたような気がしていたのに。

祐輝はふと翔にズボンを引っ張られているのに気がついた。

「翔君、どうしたんだ？」

彼はまだパジャマ姿だった。何か言いたげにしていたが、ちらりと父親の様子を伺《うかが》う。

「お着替えするの。ユウキおにいちゃん、手伝って」

手伝うのは構わないが、手を貸していいのだろうか。どういう躾《しつけ》をしているのか、藤枝家のルールのようなものが、よく判らない。祐輝もまた藤枝のほうに視線を向けた。藤枝はしかめっ面《つら》をしてみせたが、すぐに笑顔になった。

「言い出したら聞かないからな。少し手を貸してやってくれないか?」

「ＯＫ。……おいで、翔君」

寝室に戻ると、彼の服がちゃんと畳んで置いてある。

「さあ、最初はどうするのかな?」

「えーとね、パジャマを脱ぐの!」

「やってみせて。翔君ならできるよね?」

「できるよ!」

翔はたちまちパジャマを脱いだ。

「次は……靴下を履《は》く?」

「違うよ! 靴下は後で。ズボンが先だよ」

翔は怒ったように言うと、ズボンをなんとか穿《は》いた。

「へぇー、ズボンが先なんだ? 知らなかったよ」

「知らなかったの? お兄ちゃん、ダメだねえ。ちゃんと覚えなきゃパパに怒られるよ」

祐輝は笑いながらも翔に着替えをさせて、洗面所に連れていった。二人で顔を洗い、ダイニングへ向かう。テーブルの上には、御飯《ごはん》やみそ汁や卵焼きなどが並んでいた。

藤枝の手料理を食べるのは初めてだった。というより、彼が料理を作れるなんて、考えたこともなかったのだ。だが、彼もシングルファーザーだ。昔はともかく、今は料理ができても、そんなに不思議ではない。

「朝からご馳走《ちそう》だな」

「ごく普通の料理だろう？　君はよほど朝寝坊して、会社に向かってるみたいだな」

鋭い指摘に、祐輝は苦笑した。

「誰か食べてくれる相手がいれば、早起きもできるけど、たった一人じゃね……」

料理はただ栄養を取るためのものではない。空腹を満たすためだけなら、もっと手間のかからないものが、世の中には溢れている。けれども、作って食べさせる相手がいれば、まったく別だった。

三人で食べる朝食はおいしかった。特に、子供が加わると、賑《にぎ》やかで楽しい。子供の声は甲《かん》高くて、苦手だと思う人もいるだろうが、祐輝はそうでもなかった。根っからの子供好きなのだろう。

祐輝は藤枝の車に同乗して、翔の保育園にも立ち寄った。祐輝は車の中にいようと思ったのだが、翔がそれを許さなかったのだ。

「おにいちゃんも一緒についてきて」

子供に頼まれたら嫌とは言えない。結局、三人で保育園に行き、調子に乗った翔は、祐輝を保育園の園長先生にまで紹介した。

「ユウキおにいちゃんって言うんだ。パパのおともだちなんだよ。昨日、ご本を読んでくれたよ」

そんな紹介をされて、園長先生も困ったことだろう。二人とも笑いながら挨拶をする羽目になった。

「じゃあ、翔君。またね」

祐輝は翔の頭を撫でて、そう言った。

「おにいちゃん、また遊びに来てくれるよね？　お泊まりするよね？」

一瞬、なんと答えていいか判らなかったが、きらきらした目を向けられて、判らないなどと答えられるはずもない。

「行くよ。それまでいい子にしてるんだよ」

「うん！　ボク、いい子にしてる！」

凄《すご》い勢いで手を振ってくれて、祐輝も手を振り返した。なんて元気がよくて、可愛いのだろう。祐輝はすっかり彼が気に入っていた。

藤枝と車に乗ると、彼が話しかけてきた。

「君は子供好きなんだね」

「年の離れた弟と妹がいて、さんざんお守りをしてきたから、小さい子の相手は得意なんだ。翔君は人懐こくて可愛いね」

「口も達者でね。男の子は喋《しゃべ》るのが遅いというけど、あの子は違う。とにかく、ひっきりなしに喋ってる」

「賑やかでいいよ。ずっと一人暮らしだったから、家庭的な雰囲気でいいなって思うんだ」

藤枝は口元に微笑みを浮かべながらも、祐輝を意味ありげにじっと見つめた。

「もし君が結婚したら……自分の子供が持てるわけだけど」

「結婚なんてしない」

反射的に祐輝はそう答えていた。

「しない？　どうして？」

そんな未来は考えられないからだ。今だって、藤枝のことを意識している。会社で三本の指に入るくらいに可愛いと言われる女性とデートしても、こんな気持ちにはならなかった。

「結婚したら……僕は不幸になる」

声が震えていた。藤枝が自分を裏切ったわけではないと判った以上、この想いはもう止められない。二人の仲がどうなるのか判らないが、それでも今は結婚なんて考えられないし、無理やりしても不幸になるだけだろう。

藤枝は諭《さと》すようにゆっくりと話しかけた。

「結婚しても、必ずしも不幸になるわけじゃない。もし君が僕の結婚の話で怖気《おじけ》づいたんだとしたら、それは間違いだと言っておこう」

彼はどうしてそんなことを言うのだろう。まるで、忠告するみたいに。ひょっとしたら、自分のことはもう忘れろという遠回しの意見なのだろうか。

祐輝は苦しかった。彼に拒《こば》まれたくない。二人の間には、もう大した障害はないじゃないかと思うのだ。

彼の考えていることが判らない。昨夜は確かにいい雰囲気だったはずだ。翔が起きてくる前までは。

もし彼がこれ以上、深入りしないほうがいいと思っていたにしても、祐輝はもう諦めたくなかった。元恋人が妊娠して結婚しなければならなかったのは仕方ない。だが、今はそんな二人の仲を裂くものは何もないのだ。だったら、このまま突っ走ってしまいたかった。

彼が欲しい。どうしても。

それならば、自分の気持ちを正直に伝えよう。それでもダメならば、二人の運命は重なっていなかったということなのだ。

祐輝は大きく息を吸い込んで、口を開いた。

「僕は……あなたと一緒にいたい。また昔のように……。あなた以外の人なんか好きになれない」

それを聞いた藤枝の眼差しが蕩《とろ》けるような甘いものに変わった。幸せそうに微笑んでいる。祐輝は自分が正しい答えを出したのだと悟った。彼は自分に考えるチャンスをくれたのだろう。結婚する道もあるよ、と。

「ありがとう……祐輝。僕も同じように思っている」

藤枝は祐輝の手を取り、素早く指先にキスをした。

「あ……」

「指先でも感じる？」

「こ……こんなところでっ」

狼狽しながらも、祐輝は彼の手を振り解《ほど》いたりしなかった。藤枝はくすくす笑いながら、手を放した。

「本当に、こんなところでなければ思いっきり抱き締めてキスをしていたよ。でも、夜までお預《あず》けだな」

いそうだった。

つまり、今夜、また会おうと言っているのだ。祐輝はドキドキして、顔が火照《ほて》ってしま
「夜まで……？」

て」

「そうだ。店を閉めるくらいの時間に、また来てくれないか？　もちろん泊まる用意をし
藤枝の言葉は、祐輝を動揺させるものだった。彼の部屋に泊まる。もちろん昨夜も泊まったが、彼はそういうことを言っているのではない。

「うん……行く」

祐輝は頬を染めながら、そっと頷いた。

その夜、祐輝は再び藤枝と共に、彼のマンションに足を踏み入れていた。
まるでティーンエイジャーのように、胸が高鳴っている。自分が何を期待しているのか、
よく判っている。四年前の失われた時間を取り戻したいのだ。そして、名実共に、彼の恋
人になりたかった。
すでに翔は眠っている。二人はリビングのソファに座っていたが、なんとなく落ち着か

ない。いや、落ち着いていないのは、祐輝のほうだけかもしれないが。

今夜はワインを開けてくれた。なんとはなしに乾杯して、グラスに口をつけると、動悸がもっと激しくなってくるような気がしてならなかった。

「今日はスーツじゃないんだな」

祐輝は苦笑した。

「そりゃあ……休みの日に仕事着を着る奴はいないよね」

今日はシャツとジーパンにカジュアルなジャケットを羽織《はお》っている。

「スーツじゃなくて、髪もセットしてないから、大学生の頃の君のことを思い出してしまうんだ」

もちろん、その効果も狙っている。今の自分を見てほしい気持ちもあるが、四年前の続きをしようという気持ちもある。

「これ、脱いだら、もっと四年前に近づくかな」

祐輝はジャケットを脱いで、傍らに置いた。横に座っていた藤枝がそれを盗み見しているのに気づいた。

「君は僕の理性を確かめているのかな」

「理性なんて……必要？　僕だって、もう大人だ。その……もし……あなたが……」

彼が望まないものを強制することはできない。祐輝は言葉を選んだ。自分のことを好きでいてくれても、セックスとなれば、また別かもしれないと思ったからだ。事実、彼は女性に愛は感じなくても、欲望は感じていたのだから、その逆も考えられるだろう。

藤枝はふっと笑って、ふわりと祐輝の肩を抱いた。彼の手が肩に触れただけで、身体がこんなに熱くなる。いまや祐輝の身体は自分でもコントロールできそうになかった。

「君が望むなら……。いや、はっきり言おう。僕は君が欲しい」

はっきりと言われて、祐輝はほっとした。相手の気持ちを探り続けていたところで、埒が明かない。昨夜は中断されたことを思えば、今夜はぜひとも続きをしたかった。

「僕だって……あなたが欲しい。四年前のキスの続きをしたい……」

不意に肩を抱き寄せられて、唇を重ねられた。もう我慢ができないという感じの激しく奪うキスだった。

ああ……もう……。

祐輝は目を閉じた。彼の舌が自分の口の中を愛撫しているという感覚に、身体はたちまち燃え上がっていく。

彼に何をされてもいい。どんな恥ずかしい目に遭わせられてもいい。彼に抱かれて、至《し》福《ふく》の境地になれるのならば。

　この四年間、祐輝の心を常に占《し》めていたのは、彼だった。他の誰も欲しくない。どんなに美しい女性でも、欲しくはなかった。

　長い年月、心の奥底に仕舞っておいた感情が、息を吹き返していた。彼と付き合うことで、これからどうなろうが後悔しないだろう。大切なのは、今という時間だけだった。彼と触れ合うこの時間だった。

「藤枝さん……」

「昇《のぼる》、と呼んで」

　彼の掠《かす》れた声がセクシーに聞こえる。

「の、昇……」

　彼の名前を初めて口にした。藤枝は目の前でにっこりと微笑んだ。それだけで、祐輝の身体は蕩けそうになった。

「祐輝……好きだよ。何ものにも変えがたいくらい、君が愛《いと》しい」

　彼の言葉が胸にぐっと迫ってくる。そんなふうに思ってくれることが嬉しかった。彼の想いが自分の中に染み込んでくるようだった。

「嬉しい……っ。僕もあなたが好き。あなたなしでは……きっともう……ダメなんだ」

二人はまた口づけを交わした。お互いにもう離れることのないように、しっかりと抱き締め合う。

ああ、服が邪魔だ。

祐輝は自分が次第に欲張りになってくるのが判った。四年前、自分を裏切ってなかったと判っただけでも嬉しかったのに、次はキスをしたいと思ったり、前のように付き合いたいと思うようになった。そして、今はただ抱き合うだけでは足りないと思っている。

服を脱いで、何も隔《へだ》たりがない状態で抱き合いたい。もっと彼を貪《むさぼ》りたい。貪られたい。心の奥底まで交わりたかった。

祐輝は無意識のうちに、彼の白いシャツを引っ張っていた。彼はくすっと笑う。

「何?」

「ぬ……脱いで」

「君も脱いでくれるなら」

ドキッと胸が高鳴った。祐輝は上目遣いに彼の顔を見つめた。彼の深い愛情の源《みなもと》であるかのような瞳に、自分が吸い込まれていくような気がした。

「僕が……あなたを脱がせたいんだけど」

思わぬことを言われたようで、藤枝の瞳は大きく開かれ、そして微笑んだ。

「いいよ。好きにして。ただし、君の服は僕が脱がす」

祐輝は手を延ばして、彼のシャツのボタンを外していく。彼の喉仏《のどぼとけ》が上下する。彼もまたこの行為に緊張しているのだ。祐輝は自分だけが初心者でないことに思い至った。

「大丈夫……かな？」

「何が？」

「あなたは女性しか経験がないんだろう？　脱がせてみて、がっかりなんてことは……」

「そう思うかい？」

藤枝は余裕の笑みを見せた。そのことに関しては自信があるらしい。

「もっと他のことを心配しているのかと思った。僕が下手で、君を痛い目に遭わせるんじゃないか、とか」

「痛いかな？　やっぱり？」

藤枝が慌てたように軽くキスをしてきた。

「痛くないように、ゆっくり丁寧にする。乱暴な真似もしない。もし君が痛がるなら、無理強《じ》いはしないよ。他に満足する方法はあるんだから」

正直に言えば、挿入されるのは怖い。自分の身体は元々、そんなふうには作られていないのだから。

けれども、それだからこそ、挿入してもらいたかった。少し大げさな考えかもしれないが、彼を受け入れることが愛の証《あかし》のような気がしたからだ。

「それに……もしどうしても嫌なら、逆でもいい」

つまり、自分が彼の中に挿入してもいいと言ってくれている。それを想像して、カッと身体が熱くなる。そういうのも刺激的でいいと思うが、やはり自分はそれだけでは満足できそうになかった。

「あなたに抱かれたいんだ……。あなたの何もかもを受け入れたい」

それが祐輝の願いだった。自分は少し被虐《ひぎゃく》願望があるのかもしれないと思った。彼に抱かれて、翻弄《ほんろう》されたいのだ。押さえつけられて、身体の奥まで挿入されることを考えたら、全身に何か判らない熱い衝動を感じた。

藤枝の瞳がとても柔らかい光を放っている。それを見ただけで、何故だか無性《むしょう》に彼のことが愛しくてたまらなくなっていた。

祐輝は彼のシャツのボタンを外してしまい、それを左右に開いた。滑《なめ》らかな肌の下に、硬い筋肉が存在している。祐輝はそれをなぞるように指を這《は》わせた。

彼の身体に触れるだけで、全身が熱くなる。四年も恋焦《こ》がれてきた相手の肌に、好きなだけ触れていられるのだと思うと、嬉しさが込み上げてきた。

シャツを脱がせたところで、藤枝が祐輝のシャツのボタンを外し始めた。彼も同じようにするつもりらしい。手早くシャツを脱がせてしまうと、両手で肩から背中へと撫でていき、それから自分のほうに引き寄せる。そして、胸に唇を当てた。

「あ……っ」

「君の身体のあちこちにキスをしてしまいたい」

それは祐輝も同じような気持ちでいるから判る。四年分の想いが弾《はじ》けたかのように、とにかく彼の身体に触れて、キスをしたかった。

二人はどちらからともなく、また唇を触れ合わせる。もうどうしようもないくらい、情熱が高まっている。きっと藤枝もそうなのだろう。

彼は体重をかけてきて、祐輝をソファに押し倒した。そして、祐輝の身体をまるで自分のものだと主張するかのように、顔のあちこちに何度もキスをしてきた。額や頬や顎、それから耳にも短いキスを繰り返す。そのキスがやがて首筋へ移動し、肩から胸へと広がっていく。

いきなり乳首にキスをされて、身体が震えた。

「そんなところに……」

「でも、感じるんじゃないかな？」

否定はできなかった。確かにキスされた瞬間、身体の奥で何かを感じた。男でもこんな部分を愛撫されると感じるなんて、まったく知らなかった。

「藤枝さん……」

「昇だよ」

まだ彼を名前で呼ぶことは慣れていない。祐輝は口ごもりながらも、彼の名前を小さな声で呼んだ。すると、彼は嬉しそうに微笑み、お礼か何かのように、また乳首にキスをしてくれた。

ビクンと身体が揺れる。藤枝は舌でそこを舐め始めた。そして、もう片方の乳首も指で弄《いじ》っている。寝室では翔が寝ているから、あまり声を出してはいけないと思うのに、気がつけば唇からは甘い声が洩《こぼ》れていた。

「なんだか……恥ずかしい……」

男なのに胸が感じるのも恥ずかしいが、それ以上に甘い声を出している自分が恥ずかしかった。自分が女の役割をしているのは判っているが、彼に愛撫されて、こんなふうに感じて悶《もだ》えるとまでは思っていなかったのだ。

「僕は嬉しい。君が感じてくれて」

「本当に？　恥ずかしい奴だと思わない？」

藤枝は微笑み、胸の中央にキスをした。

「それどころか、とても興奮してる。君が感じているところを見るのが、たまらないんだ」

祐輝は自分が彼にあるがままの姿を受け入れてもらっているということに、胸が打ち震えるような喜びを感じた。

本当のことを言えば、やはり不安はあった。彼は女を抱き慣れている。実際、同性の裸体を目にしたら、急に嫌になるんじゃないかと思っていたのだ。けれども、決してそうではなかった。

藤枝はジーパンの上から股間《こかん》の高まりに触れた。

「あ……ん……っ」

布越しに触れられただけでも、身体は敏感に反応を返している。

「そろそろ、こっちも脱がせていいかな？」

祐輝は少し不安が残っていたが、頷いた。彼の身体だってズボンの上からでも昂ぶりが判る。それなら、全身を見たところで、急に萎《な》えるものでもないだろう。

藤枝はわざとなのか、ゆっくりとした動作で祐輝のベルトを外し、ジーパンと下着を一緒に脱がせた。硬くなったものが彼の目の前に現れている。祐輝は思わず彼の表情をじっと見つめた。

少なくとも嫌悪の表情ではない。彼は衣類を脚から引き抜くと、そっと太腿《ふともも》を撫でてきた。彼の掌が妙に熱く感じる。祐輝は思わず熱い吐息を洩らした。

「君のそんな声を聞くのが好きだ」

彼の掌は内腿へと移動する。そして、さり気なく股間へ触れてくる。ほとんど掠っただけ、というタッチだったのに、身体はビクンと大げさに揺れた。

ああ、こんな焦《じ》らし方は嫌だ。

「もっと……ちゃんと触って……」

自分の要求を伝えると、藤枝は微笑んだ。

「もちろん触るよ。でも、なんだかもったいなくて……」

「どうして……?」

もったいないという発想がよく判らない。自分は身体の中を荒れ狂う性的欲求に翻弄されているのに、彼はそこまでではないのだろうか。

「長い間、君をこうして裸にしてみかった。君の大事なところに触れて……君が泣いて頼むまで焦らし続けて……それから君の奥深くまで貫《つらぬ》きたかった」

そう言いながら、藤枝は祐輝のものの形を指先でなぞっていた。たったそれだけの刺激でも、祐輝は我慢ができなくなるほど感じてしまっている。

「焦らすのは次の機会で……」

「もう我慢できない？」

「指で……撫でられてるだけで……っ」

祐輝はなるべく我慢しようと、歯を食《く》い縛った。だが、腰が揺れている。それを止めようと思うのだが、なかなか止められない。

「じゃあ、こんなことをされたら？」

藤枝は顔を近づけたかと思うと、先端部分にキスをしてきた。腰がガクガクと震える。

「が……我慢してるのにっ！」

「そんなに興奮してる？」

藤枝はとても嬉しそうだった。その顔を見ているうち、彼が自分の身体を見て、嫌悪《けんお》するなどということはあり得ないのだと、やっと納得できるようになった。

「だって、そんなところにキスされたら……」

「君のどんなところにだってキスをするよ。君はまだよく判っていないようだね。僕がどれだけ君のことを欲しいと思っているのか……君の身体の隅々《すみずみ》まで愛しいと思っているのか……」

彼の目は真剣だった。冗談ではなく、本当にそれくらい祐輝のことが好きなのだと語っている。祐輝は何故だかぞくっとした。寒いわけでもなく、もちろん嫌悪感のせいでもない。強《し》いて言えば、欲望のためだろうか。

「本当に……？　本当に僕のこと……」

「まだ信じてないのかな」

藤枝はそれを証明するかのように、祐輝のものを先端から口に含んだ。

「あっ……あぁっ……」

まさか、そんな大胆《だいたん》なことまでされるとは思わなかった。いや、もちろん期待はしていた。けれども、本当にしてもらえるとは思わなかったのだ。

祐輝は興奮して、腰を揺らめかせた。彼の口に包まれていると思うと、もうたまらなかった。一番感じる部分に、彼が舌を絡みつかせている。それだけでなく、彼は根元まで唇で包み、そのまま頭を動かした。

「あっ……やっ……やぁっ……あん」

さっきから我慢ができないくらい感じていたのに、そんな刺激を受けたら、もう耐え切れない。けれども、あまりに気持ちがよすぎて、祐輝は少しでもこの快感を長引かせたかった。

目を強く閉じて、懸命に堪える。快感は苦痛でもあるかもしれない。特に、長引く快感はどうしようもなく祐輝を苛《さいな》んだ。それでも、必死で我慢していたが、いよいよ限界に近づいてきた。

「もう……もういいよ。放して……っ」

けれども、藤枝は聞こえないかのように、一心不乱にそこを攻め立てていた。

「あっ……だから……もう……ああっ……」

今まで感じたことのない感覚に、いっそ身を任せていたい。身体の奥から熱いものが込み上げてくる。祐輝はどうしようもなくて、拳《こぶし》を握り込んだ。不意に耐え切れなくなり、祐輝は身体をしならせて、彼の口の中で達してしまった。

全身が鋭い衝撃に包まれる。しかし、それは一瞬のことで、次には甘ったるい余韻《よいん》が身体の隅々にまで広がっていく。

信じられない……。

自分がこれほど快感に弱いとは思わなかったし、彼がこれほど意地悪だとも思わなかった。放してほしいと訴えたのに、彼はまったく聞いてくれようともしなかったのだ。

「……そんなつもりじゃなかったのに」

彼の口に熱を放つつもりは、まったくなかったのだ。なんてことをしてしまったのだろう。後悔が押し寄せるが、それでも身体は快感の余韻で動けないほどだった。

藤枝は顔を上げたが、その瞳はきらきらと光っていた。まるで嬉しいことでもあったかのような表情で、祐輝はあっけにとられた。

「その……嫌だったんじゃ……？」

「冗談じゃない。僕は嬉しかったよ。僕の愛撫《あいぶ》で君をイかせることができたんだから」

「でも……ごめん」

藤枝はにっこりと笑った。

「謝ることはない。君を快感にのた打ち回らせることが目的でやっていることなんだ。僕の目的どおり、君を感じさせられて、ただただ嬉しいだけだ」

つまり、放してほしいという願いを無視したのは、彼がそうしたかったからなのだ。最初から、祐輝を追いつめるつもりだったに違いない。自分は彼の口の中に放ったことを、申し訳なく思っていたのに。

「じゃあ……僕も同じようなこと、あなたにしたい」

「ダメだ。今日は……今日だけは……僕に従ってほしい」

彼がしたいことは、なんなのだろう。もちろん自分は彼に好きなようにしてもらっても構わない。ただし、あまり焦らさないでほしい。

一度、達したが、まだ身体は彼を求めている。身体の奥深くで彼を感じたかった。他のものは何もいらない。自分が欲しいのは、彼だけだった。

藤枝は祐輝の両脚を広げた。そして、その狭間《はざま》にある蕾《つぼみ》にキスをした。

身体がビクッと震える。驚きもあるが、キスされて自分が感じてしまったこともある。

「恥ずかしい……」

「まだ君はそんなことを言っているのか」

藤枝は両脚を折り曲げるようにして、蕾の部分を露《あらわ》にした。こんな格好はもっと恥ずかしい。祐輝は自分が取らされているポーズに眩暈《めまい》を感じた。

「こんな格好……」

「こんな格好でもなんでも、僕は君が好きだ。恥ずかしがらなくていい。君のすべてを愛しているから」

彼の言葉を深く考える暇もなく、その部分に舌を這《は》わせられて、新たな快感の渦《うず》に落ちていった。

「あっ……あん……あんっ」

そんなところでも、愛撫を受けると感じてしまうのだ。祐輝には衝撃的だったが、それ以上に、感じている自分が誇らしかった。何も感じなかったら、とても彼と身体を重ねることなんてできないに決まっている。

藤枝は丁寧にその部分を舐めていた。唾液で濡らしているのだろうか。これからされることに、祐輝はもう恐れを抱いてなかった。こんなに優しく愛撫してくれるのだ。きっと、痛くないように取り計らってくれるに違いない。

彼は唇を離すと、指でそこを撫でた。また新たな刺激に、祐輝は腰を震わせる。藤枝はくすっと笑ったが、彼の顔は満足げでもあった。

祐輝が感じていることが、彼にとっては嬉しいことなのだ。恥ずかしいなどと感じる必要もない。彼はありのままを受け入れてくれるのだから。

祐輝はやっと肩の力が抜けたような気がする。

彼の指がそっと中へと入ってくる。最初はほんの少しだったが、出し入れされながら、ちょっとずつ内部へと侵入してきた。

「緊張しなくていい。……痛くないだろう？」

「痛くない……けど……」

少し怖い。やはり異物が侵入しているという感じがする。指が根元まで入ったときに、祐輝は思わず息を吐いた。どうやら今まで息を止めていたようだ。

「大丈夫？」

「うん……大丈夫」

いや、大丈夫でなくては困る。祐輝はどうしても藤枝に抱かれたかった。身体ですべてを確かめ合いたかったのだ。彼が自分にとっての運命の人だと、信じたかったからだ。

藤枝はゆっくりと指を動かし始めた。すると、内部が擦《こす》られていき、その中で一際感じる部分があることに気がついた。

祐輝は驚いた。自分が彼を受け入れることは、犠牲的精神を伴うものだと思っていた。しかし、必ずしもそうではないのだ。これほどまでに感じる部分が内部にあるのなら。

「あ……やっ……」

藤枝が指を出し入れする度に、祐輝の身体は大きく震えた。ギュッと目をつぶる。自分が中で感じているのかと思うと、なんだか複雑な気持ちになったからだ。

恥ずかしく思わなくてもいいことは、もう判っている。それでも、自分がまるで女みたいだと思ってしまうのだ。

「祐輝……ああ……祐輝っ」

藤枝は指を出し入れしながら、祐輝の腰や腹や太腿のあちこちにキスを施《ほどこ》した。彼は本当に自分の姿を見て、愛しいと思ってくれているようだ。その仕草で、すべてが判ってしまう。

中で感じるのも、全部、自分の姿だ。もう何も隠したくない。祐輝は彼に何もかも曝《さら》け出し、すべてを捧《ささ》げるつもりになっていた。

苦しかった四年間、ずっと彼のことを想っていたのだ。この想いをもう誰にも止められない。

指の数が増えた。思わず彼の指を締めつける。どうにも我慢できないほど、祐輝は高まっていた。

不意に、藤枝は指を引き抜いた。そうして、祐輝が見つめる前でベルトを外し、ズボンと下着をさっさと脱いでしまった。

彼の股間はすでに張り詰めていた。きっとずっと我慢していたからなのだろう。祐輝はそれを見て、とても嬉しかった。自分の乱れた姿を見て、彼はこんなに感じている。その部分は彼の本音を如実《にょじつ》に表していた。

そして、自分もまた彼のものを目の前にして、欲望が消えることはなかった。彼は彼だ。自分の恋した相手だ。それから、欲望を感じる相手でもある。

藤枝は祐輝の脚を両脇に抱え込むような格好で、大事なところに先端部分を押しつけた。

「あ……」

まだ挿入されていない。それなのに、押しつけられただけでも甘い声を出していて、祐輝は自分が少し先走りしすぎだと思った。

徐々に身体の中を切り裂かれる。痛みはあった。が、思っていたほどの痛みではなかったのだ。彼が丁寧に指で解《ほぐ》してくれたせいかもしれない。とにかく、どうしても彼と身体を重ねたい。そのために、祐輝にとって挿入行為は不可欠《ふかけつ》なものだった。

ゆっくりと、藤枝は祐輝の中に自分自身を収めていく。次第に痛みはなくなり、後に残るのは快感だけだった。

「あっ……ああ……どうしよう」

小さな声で不安を訴える。

「どうしたんだ?」

「身体が……なんだか熱くて……変な感じ」

「変な感じ?　それは困るな」

藤枝は笑いながら、腰を動かした。途端に、身体の内部に渦巻く快感が、恐ろしい勢いで膨らんでいきそうになる。

「やだ……ああ……まだ……動かないで」

「どうして?」

「イッちゃう……」

「え?　もう?」

彼は驚いた顔をして、祐輝の股間に目をやった。

「動かれたら……すごく気持ちよくて……ああっ」

彼は祐輝の股間の根元を指で押さえた。

「そんなの……嫌だ」

「今にもイキそうなんだろう？　ダメだよ。まだ……もう少し楽しまなくちゃ」

藤枝は笑っているが、祐輝は喘《あえ》いだ。根元を押さえられると達することはないが、感じなくなるわけではない。その逆で、押さえられたせいで、余計に達したくてたまらない気分にさせられてしまう。

「あなたは意外と……意地悪なんだな」

「君が相手だとね。いじめたくなる。あんまり可愛いから」

「あっ……あっ……」

ゆっくりと藤枝は腰を動かした。自分の内部に快感のスイッチがあって、彼が動く度に、そこを押されているような気がしてならなかった。

もう、たまらなかった。イキたくて仕方がないのに、せき止められてしまっている。祐輝はそれがつらくて、熱に浮かされたようになり、頭を横に振った。

しかも、彼は祐輝の股間に手をやっているため、ぎこちなく腰を動かしている。その動きがゆっくりと焦らしているようにしか思えなくて、祐輝は自分から腰を揺らしてしまった。

「物足りないかい？」

「だって……」

「じゃあ、手を離すから……まだだよ。まだイッてはダメだ」

「わ、判った」

藤枝は根元を押さえていた指を離すと、がっちりと祐輝の脚を固定して、動くスピードを速めた。

奥のほうまで彼は何度も抉《えぐ》っていく。祐輝は彼との約束を守ろうと、必死に腰に力を入れた。我慢しなくてはならないのだ。どんなに気持ちがよくても。

けれども、次第に追いつめられていく。全身が熱く痺《しび》れている。こんな感覚は初めてだった。自慰《じい》行為とは、まったく違う。まさか、こんなに気持ちがいいなんて……。

祐輝はもっと彼と深く交わりたくて、彼の背中に手を回した。

長い間、恋焦がれてきた。その相手とこんなに親密な行為をしている。身体の奥深くで繋《つな》がり、快感を共有している。

ああ、もっと……もっと触れ合いたい。お互いの体温を交換するくらいに抱き合い、それから彼を自分のものにしてしまいたい。

藤枝が祐輝を強く抱き締めてきた。その力強さに、心まで蕩けそうになった。

「もう……もうダメ……っ！」

祐輝は彼の首に腕を回して、喘ぐように囁いた。彼はもう我慢しろとは言わなかった。逆に、奥の奥まで、何度も突いてくる。身体の熱がもう耐えられないところまで来たかと思うと、祐輝の全身を鋭い快感が貫いた。

「あぁっ……！」

両脚で彼の腰をギュッと締めつける。すると、彼もまた身体を強張《こわば》らせたかと思うと、祐輝の中で熱を放った。

二人は動きを止めても、ずっと抱き合ったままでいた。

最高に幸せだった。もちろんセックスは気持ちよかった。だが、それだけではなく、この上もない満足感が祐輝の中で溢れていたのだ。

彼の大事なところが自分の中にある。二人はこれ以上ないくらいに深く身体を重ねている。祐輝は嬉しくて仕方がなかった。これが、自分が望んだことだったのだ。

「いつまでも……こうしているわけにもいかないな」

余韻も去り、熱くなりすぎた体温も、速すぎた鼓動も元に戻っている。それでも、藤枝は名残惜しげに祐輝の頬にキスをして、やっと身体を起こした。二人の腹は祐輝が放ったもので汚れている。しかし、そんなことはまったく気にならなかった。

ただ、幸福に酔っている。一度、自分の手からすり抜けたはずのものが、今、ここにあった。

「初めてが、狭苦しいソファなんかで悪かった」

彼に言われて、祐輝は初めてソファの上で抱かれたことに気がついた。どのみち、ここにはベッドなんてない。翔の隣の布団でこんな行為はできないだろう。

「いいんだ。……その……どこでもよかった。あなたにこうして……」

そう言いながら、祐輝は今更ながら胸がいっぱいになっていた。話し続けることができず、目尻《めじり》に溜まった涙を拭《ぬぐ》う。

藤枝は目を瞠《みは》った。急に狼狽《ろうばい》したように祐輝を胸に抱き締めた。

「悪かった。君を泣かせるつもりはなかったんだ。痛かったか？　それとも、僕が何か傷つけるようなことを言ったのか？」

彼の勘違いに気がついて、祐輝は吹き出した。

「そうじゃない。すごく感動したんだ。嬉しかった。ただそれだけなんだ」

ようやく藤枝は息をついて、祐輝の髪を撫でた。

「驚いたよ。まさか泣かれるとは思わなかったから」

「だって、四年も自分の心を抑えつけていたんだ。やっと望みがかなったと思ったら、感無量にもなる」

彼は祐輝の髪にキスをした。

「僕だって、同じ気持ちだ。やっと君を抱けた。夢でも幻でもない。本物の君をこうして抱くことができた」

「僕の夢を見た……？」

また泣けてきそうになったが、なんとか声の震えを抑えた。いつまでも泣いていたら、センチメンタルな男だと思われてしまいそうだった。

「何度も見たよ。もう絶対に叶《かな》わないと思っていたのに」

「僕も……何度もあなたの夢を見た。起きて、夢だったんだと判る度《たび》に、絶望を感じた。もう眠るのが嫌になるくらい何度も何度も……」

祐輝の身体を抱く彼の手に力が込められる。四年前のことはもうどうしようもない。けれども、今から自分達は新しい関係を始めるのだと思っていいだろうか。

藤枝は祐輝の顎《あご》に手をかけて、目を合わせた。彼の瞳は真剣で、決して揺るぎのないものに見えた。

「もう君と離れたくない」

「僕も……二度とあなたと離れたくない」

二人の唇がどちらからともなく重なった。祐輝の胸には熱い想いが渦巻いている。長い間の願いが叶った。これ以上の幸せはないと思った。

もちろん……これが永遠の誓いというわけではないことは、よく判っている。男女と違い、同性同士では結婚できない。する方法もあるが、一般的ではない。法的な拘束力《こうそくりょく》もない関係は、いつ壊れてもおかしくないのだ。

それでも、祐輝は幸せだった。もう充分だと思う。彼が自分と同じ気持ちだった。そして、こうして身体を重ねた。この関係が長く続けばいいと思っているが、そうでなかったとしても、悔いはない。

今、このとき、祐輝は最高の幸せを手に入れた。それが永遠に続かなくても不思議ではない。それだけだ。

唇を離した藤枝は祐輝に笑いかけた。

「一緒に風呂に入ろうか」

祐輝は彼の手をそっと握って頷いた。


翌日、祐輝はまたもや翔に起こされた。

「ユウキおにいちゃん、今日ね、パパがゆーえんちに連れていってくれるんだって！」

「ゆーえんち？　遊園地……？」

祐輝は寝ぼけ眼《まなこ》で翔の顔を見た。枕元に置いてあった時計を見ると、かなり早い。そういえば、休みの日であろうと、子供は早起きするものだった。昨夜は寝るのが遅かったから、早起きはつらい。とはいえ、起きなければ、起きるまで騒ぐのが、子供というものなのだ。

祐輝は起き上がって、もう着替えている翔の頭を撫でた。

「そうか。遊園地に連れていってもらえるのか……。よかったね」

もう少し二人と過ごしていたかったが、まさか遊園地までついていって、親子水入らずの時間を邪魔したくない。このまままっすぐアパートに帰ろう。

「うん。おにいちゃんも一緒だよ！」

「え、僕も？」

翔が勝手に決めたのかもしれない。それとも、藤枝が決めたのだろうか。どちらにしても、あまりいいこととは思えない。やはり自分は部外者だと思うからだ。

「はやく着替えて！　パパに怒られるよ！」

翔に急《せ》かされて、シャツとジーパンに着替える。そして、顔を洗うと、朝食のコーヒーの匂いが漂っているダイニングへと足を踏み入れた。

「いい匂いだ……」

「君はそう言うと思った」

藤枝の笑顔を見て、祐輝は照れくさくなった。昨夜のことを思い出したからだ。ソファで抱かれた後、バスルームの中でも彼は巧《たく》みな手つきで祐輝を快感に誘い、結局、そこで抱かれたのだった。

藤枝の顔は今までよりずっと優しそうに見えた。気恥ずかしいが、彼にそんな目で見られるのは嬉しい。

テーブルにはスクランブルエッグとウィンナーや温野菜が入っている皿があって、トースターからパンが飛び出していた。藤枝は翔を抱き上げて、椅子の上にクッションを重ねたところに座らせた。幼児用の椅子に座るほど小さくないし、かといって、大人用の椅子にそのまま座らせると、食べにくいのだろう。

「いただきますっ！」

みんながテーブルに着くと、翔は手を合わせて挨拶をした。そして、藤枝にジャムを塗ってもらったパンをかじり始める。

「翔君、おいしい？」

「うん。おいしい！」

翔は本当に幸せそうに食べている。それを見ていると、こちらまで楽しくなってきてしまう。子供はやはり素直で可愛い。

「遊園地に行くんだって？」

祐輝は藤枝に視線を向けて尋ねた。彼が本当はどう思っているのか、知りたかったからだ。迷惑でないかどうかが気になる。

「よければ、君も一緒にどうだろう？　たまには、いいんじゃないかな？　翔はうるさいかもしれないが……」

「僕が行ってもいいのかな。お邪魔じゃなければいいんだけど」

「邪魔だなんて！　僕は君と一緒がいいんだ」

驚いたように言われて、胸の中が温かくなる。彼は本気で祐輝に、一緒に行ってもらいたいと考えている。

「ボクもおにいちゃんと一緒がいいっ」

翔までもが真剣だった。祐輝は嬉しくて、顔を綻《ほころ》ばせた。

「じゃあ、一緒に行くよ。楽しみだね、翔君」

「うん！」

翔はスクランブルエッグやウィンナーを食べているが、温野菜だけは手をつけていない。

「翔君、お野菜、食べないのかな？」

「食べるよ。でも……おなかいっぱいなの」

「お野菜さんが泣いてるよ。翔君が食べてくれないって」

「泣いてないよ」

「あれぇ？　翔君には聞こえないのかなあ。おにいちゃんには聞こえるよ。エーン、翔君が食べてくれないよーって」

翔は懸命に耳を澄《す》ませていたが、思い切って、フォークをマヨネーズのかかったカリフラワーに突き刺して、口に運んだ。

「……もう泣いてないよね？」

「そうだね。カリフラワーさんはもう泣いてないよ」

翔は続いて、他の野菜も食べた。嫌々《いやいや》ながらも食べているうちに勢いがついて、気がつくと、全部、平《たい》らげてしまっていた。

「えらいねえ、翔君」

「うん。ボク、いい子！」

翔はにこにこしながら、得意げに牛乳を飲み干《ほ》した。

それを見ていた藤枝は感心したように、祐輝に声をかける。

「君は子供の扱い方が本当に上手いな」

「そうでもないよ。翔君が素直だから、上手くいくだけ。中には頑固《がんこ》な子供だとか、扱いにくい子供がいるからね」

さすがに、いつでも魔法のように子供をなつかせられるわけではないが、子供には慣れている。それだけのことだった。

朝食を終えると、早速、三人は藤枝の運転する車で遊園地に向かう。運転席の後ろにチャイルドシートがつけられていて、その横に祐輝が座る。翔は調子はずれの歌を歌い、とにかく上機嫌だった。

遊園地に着くと、翔は興奮して、はしゃぎまくった。藤枝の手を握り、もう片方の手で祐輝の手を握っている。そして、時々、二人の間にぶらんとぶら下がって、ふざけてみたりする。

本来、祐輝ではなく、翔の母親がいるべきなのに……。

とはいえ、翔には悪いが、自分が藤枝の妻の位置にいることが、なんとなく嬉しかった。

自分と藤枝、そして翔の三人が親子であるかのような錯覚を起こしているのだ。

いや、もっと現実的になろう。祐輝は女ではないし、翔の母親にはなれない。藤枝と身体の関係ができたとしても、それはそれで、これはこれだ。親子の間に立ち入ってはいけない。

あくまで、祐輝の立場は『おにいちゃん』だ。それを忘れて、勘違いして舞い上がってはいけない。

祐輝は必死で自分を戒《いさ》めた。そうしなければ、すぐに親子三人という幻想に酔ってしまうからだった。

「翔君、何に乗りたい?」

「あのね、あのね……アレ!」

彼が指差すところには、観覧車《かんらんしゃ》があった。

三人で観覧車に乗る。祐輝と翔が同じ椅子に座り、藤枝が向かいの椅子に座った。藤枝は二人にカメラを向けてくる。

祐輝は翔を引き寄せて、一緒に写真を撮ってもらった。

「今度は僕が撮ろうか？　翔君、向こうに行ってごらん」

藤枝からカメラを受け取ると、今度は親子二人の写真を撮る。翔はまた祐輝が座る椅子に移動してきて、ちゃっかり膝の上に座った。

「翔、お兄ちゃんは重いよ？」

藤枝は息子の無作法を注意する。

「いいよ、翔君なら。軽いもんだよ」

「うん。軽い、軽い」

翔は調子に乗って、ふしをつけて歌うように、軽いと連呼《れんこ》する。祐輝は膝の上に子供の重みを感じるのは久しぶりで、なんとなく懐かしい気持ちになっていた。以前はよく弟や妹もこうして膝の上に乗っていたものだ。

翔もすぐに成長して、こんなふうに膝の上には乗らなくなるだろう。だが、そのとき、自分は果《は》たして傍にいられるだろうか。いたとしても、こんなに好意的に接してもらえるだろうか。

父親の恋人が男だなんて、彼には受け入れられないかもしれない。

そんな先のことを今から考えても仕方がないが、それでも考えずにはいられなかった。

観覧車から降りると、次は汽車に乗ると翔が言い出した。

線路が遊園地の中を走っていて、蒸気機関車の形をした乗り物で一周するらしい。

「パパは写真を撮るから、おにいちゃんと二人で乗るといい」

「えっ、僕が写真を撮るから、あなたと翔君で乗ればいいのに」

親子で遊ぶのが、やはり基本だろう。自分は部外者だ。

「ボク、おにいちゃんと乗るぅ！」

翔が祐輝の手を握って、引っ張ってきた。

「パパと乗りたいんじゃないの？」

「おにいちゃんと！」

怒ったように翔が口を尖《とが》らせる。そこまでされて、嫌とは言えない。遊園地の主役は子供だからだ。

「判った。一緒に乗ろうね」

「わーい！　パパ、お写真とってね」

「ああ、いっぱい撮るよ」

祐輝は翔を連れて、チケットを買い求め、汽車に乗る。大人が乗って面白いものではないが、園内の花畑の中をぐるりと回る線路の周囲には、子供が喜びそうな動物をキャラクター化したものが置いてある。

「クマさんだよ！　あっちにはウサギさん」

翔は楽しそうにはしゃいでいる。自分と一緒にいることで少しでも楽しんでくれれば、それで嬉しいが、やはり藤枝は自分の息子との絆《きずな》を高めたいのではないかという気がして、祐輝はなんとなく居心地が悪かった。

祐輝を連れてくるんじゃなかったと、藤枝が思っていたりしたら嫌だ。

とはいえ、翔は可愛い。祐輝は結婚するつもりもないし、自分の子供が持てるとは思わないが、その代わり翔のことは可愛がりたかった。

「翔君、ほら、あそこ！　パパだよ！」

カメラを構えている藤枝を見つけて、手を振った。

「パパ！　パパ！」

翔は懸命に手を振っている。藤枝も小さく手を振り返していた。よく見ると、カメラではなく、ビデオカメラだ。翔が一心不乱《いっしんふらん》に手を振っている姿を、ずっと撮っているのだろう。

ふと、祐輝は自分がこの映像に映り込むことが恐ろしくなった。

もし藤枝と別れたとしても、この映像が消されることはない。翔の成長の記録なのだから。翔が大きくなって、この映像を見たとき、自分の隣にいるのは誰かと訊くのだろうか。そして、そのとき、藤枝はなんと答えるのだろう。

祐輝は二人の関係が永遠に続くとは思えない。どれだけ自分が彼を好きでも。そして、彼が少しくらい自分のことを気にかけていてくれるにしても。

二人の関係は、本当のところ、なんなのだろう。

身体を重ねたが、恋人と呼べるほどでもない。セックスは愛情がなくてもできる。欲望がありさえすればいいだけの話だ。

はしゃぐ翔の相手をしながらも、祐輝は次第に落ち込んでいった。


お昼はホットドッグや唐揚げなどのホットスナックを買って、芝生《しばふ》に敷物を敷き、その上で食べた。まるでピクニックのようだ。

「今度はお弁当を作って、持ってこようか」

藤枝は祐輝の顔を見て、そう言った。まるで自分に相談しているように思えてくる。今度ここに来るときに、自分が参加しているかどうかなど判らないのに。

それでも、藤枝と翔、この二人と一緒にいる時間を大切にしたくて、つい祐輝は口走っていた。

「僕が作ってあげるよ」

翔はポテトを食べながら、目を丸くして祐輝を見た。

「おにいちゃん、お弁当、つくれるの？」

祐輝が答える前に、藤枝が答えていた。

「作れるよ。おにいちゃんは料理が上手なんだ」

「ねえ、タマゴ焼きつくれる？」

祐輝は、朝食のスクランブルエッグを口に運んでいた翔を思い出した。

「もちろん。翔君、甘い卵焼きが好き？」

「うん！　甘いの大好き！」

「たこさんウィンナーは？」

「たこさん、好き！　ボク、なーんでも好きなんだよ！」

野菜は苦手のようだったが、なんでも好きだと言う。祐輝は翔が可愛くて、思わず彼の頭をくしゃくしゃと撫でた。それを藤枝が微笑んで見つめている。

男二人に子供一人が、ピクニックしている図というのが浮かんで、なんだかおかしくなった。

今だけは、誰にどう見られてもいい。祐輝はこの二人と家族のように行動を共にしていることが、嬉しくて仕方がなかった。

午後は池に浮かんだスワンボートに、翔と一緒に乗った。もちろん辞退しようと思ったのだが、翔が祐輝と乗ると言って聞かなかった。気がつくと、彼は祐輝と手を繋いでいる。それが嫌なわけでは決してなかったが、やはり藤枝に対する遠慮というものがあって、それが祐輝を苛《さいな》んでいた。

だが、藤枝はそんな二人の姿を見ては、優しそうに微笑んでいる。彼の本心はどうなのだろう。祐輝はどうしても知りたかった。自分と翔が親しくなっていくことに、抵抗はないのだろうか。それとも、嬉しく思っているのか。

祐輝のほうは、自分が翔に好かれていること自体は嬉しかった。なんと言っても、藤枝の子供なのだ。それだけでも、彼のことを可愛く思うのに充分な理由だが、そうでなかったとしても、彼はとても素直で可愛らしかった。

翔は祐輝に年の離れた兄のように接してくる。そこが妙におかしかった。彼の父親より若いからだろうか。祐輝は私服姿だと、実年齢より若く見えるせいもあるかもしれない。何かというと、くっついてきて、遊んでやると、ますます懐いてくる。

スワンボートから翔を降ろすと、藤枝が桟橋《さんばし》までやってきて、翔の頭を撫でた。

「もう、そろそろ帰ろうか」

翔はその途端、ぷーっと頬を膨らませた。

「やだっ。もっと遊ぶ！　おにいちゃんと遊ぶもんっ」

翔はもうずいぶん疲れているはずだ。元気そうに見えても、もう帰ったほうがいいだろう。明日はまた保育園だからだ。

「家に帰ったら、アイスクリーム食べようかな。翔の好きなニャンダマンのビデオを見ながら食べようよ」

藤枝の誘惑に、翔は抵抗しようとした。

「アイスもニャンダマンもいらないもん……」

そう言いながら、彼は恐らく真剣に悩んでいる。ここで遊びたいが、好きなアニメビデオを見ながら、アイスクリームも食べたいのだろう。

祐輝は屈んで、翔と目線を合わせた。

「おにいちゃんは、ニャンダマン見たことないんだ。翔君、見せてほしいな」

「ニャンダマン、知らないのー？　じゃあ、おうちに帰ったら見せてあげるねっ。パパ、はやく帰ろ！」

翔はいきなり態度を変え、藤枝の手を握った。もちろん、違う手では祐輝の手を握っている。二人の間に挟まれるのが好きなようだった。

藤枝は苦笑しながら、祐輝に謝った。

「すまないな。翔の相手ばかりさせてしまって」

何しろ翔自身のご指名なので、仕方がない。翔は父親と触れ合う時間が日頃ない。できれば二人の邪魔をしないでおこうと思うのだが、そうもいかないようだ。祐輝は彼にとってめずらしい客人だから、気になるのだろう。

「別にいいよ。僕は本当に子供には好かれるんだ」

「君の遊ばせ方が上手いからだろうな」

「職業、間違えたかもしれないね」

いっそ幼稚園の先生になればよかったかもしれない。とはいえ、祐輝はさんざん弟と妹の世話をしてきたから、わざわざそれを職業にしたいとは思わなかったのだ。

ともあれ、三人はひとつの家族のようだった。いや、それは自分に都合よすぎだろうか。藤枝と翔は親子でも、祐輝は違う。それは肝《きも》に銘《めい》じておかなくてはならない。今だけ、祐輝は彼らの人生の中に現れた客人に過ぎないのだ。

少しばかり家族扱いされたからといって、それがずっと続くなんて考えてはいけない。

家族というものは、そんな簡単なものではないからだ。祐輝は身をもって、それを知っている。

実の父親がいたとしても、彼が妻と築《きず》く家庭の輪の中に自分は入れなかった。いや、入れてもらえなかった。それなら、まったく血の繋がりがない藤枝親子の間に、自分が割って入ることなんて、できるはずがない。

祐輝は藤枝を好きな気持ちにブレーキをかけていた。一度、傷ついた心はやはり戻らないのかもしれない。どれだけ彼のことが好きで、今も恋している状態であっても、やはり傷は癒えていない。いつかまた、その傷口が開いて、血を流すかもしれないと思うと、心をすべて開くわけにはいかなかった。

それでも、今はまだ藤枝とは離れられない。彼に別れを告げられる日までは、こうしていたい。家族ごっこのような付き合いであっても、祐輝は藤枝と一緒にいたかった。


遊園地からの帰り道、翔はチャイルドシートで眠ってしまっていた。祐輝は後部座席から藤枝に話しかけた。

「疲れたみたいだね。まあ、あれだけはしゃげば当然だけど」

「君がいてくれたから、翔は喜んだんだ」

「そうかな。パパと一緒なら、どこだって喜んだと思うよ」

藤枝はふと黙り込んでしまった。

「どうかした？　何か……悪いことを言ったかな」

気がつかずに、相手を傷つけていることがある。祐輝は藤枝に不快な思いなどさせたくなかった。

「いや、君じゃなくて、僕のことだ。翔の傍にいてやりたいのに、僕の仕事と来たら……。カフェの仕事は好きだが、普通のサラリーマンなら、もっと翔と触れ合う時間が多いはずだ。転職しようかと思ったこともあったが……」

彼がカフェの仕事を始めたのは、離婚する前だった。そうでなかったなら、他の会社に入っていたのかもしれない。とはいえ、カフェの経営を前からやりたかったのだし、祐輝としては、彼に好きな仕事をやめてもらいたくなかった。

「翔君だって、すぐに大きくなるよ。本当にあっという間なんだ。大きくなってから、あのときカフェの仕事を続けていれば……なんて後悔してほしくない。それに、翔君はこうして休みの日にたくさん遊んでもらっているから、不満はないと思うんだ。そりゃあ、少しは淋しいだろうけど、子供なりに仕事ってものを理解できてると思うし、優しい家政婦さんだっているし……」

　祐輝はそうしたことを喋りながら、自分の子供の頃のことと引き比べていた。父親はサラリーマンで、だいたいは定刻どおりに帰宅していたが、それで何か心の触れ合いがあったわけではなかった。

　それなら、毎日は無理でも、休みの日に思いっきり触れ合ってくれる父親がいるなら、それで幸せだと思うのだ。翔だって、それで藤枝の愛情を疑うことはないだろう。たとえ短い時間の触れ合いでも、愛されていると実感できれば、それでいいのだ。

「……ありがとう」

　穏やかな声で礼を言われて、祐輝ははっと我に返る。

「僕は……翔君が羨《うらや》ましいよ」

「どうして？」

「父親に愛されているから」

「君のお父さんだって、きっと……」

「いいんだ。僕の父は僕が好きじゃないんだ。きっと母と何かあったんだろうね。弟や妹には、普通の振る舞いをしているから」

　自分だけが愛されなかった。母亡き後、一応、面倒は見てもらっていたが、それだけだった。なんの温《ぬく》もりもくれなかった。元々、あまり親しげな態度を取る人ではなかったが、母が死んでからは余計に疎遠《そえん》になったのだ。

「そうかな……。子供は可愛いものだよ」

それでも、子供にそんな冷たい仕打ちをする人間に、藤枝も心当たりがあるはずだ。彼の妻は子供を見捨てて、出ていったのだから。

「僕もそう思うよ」

祐輝はチャイルドシートですっかり熟睡《じゆくすい》している翔を見て、微笑んだ。可愛いと思うのと同時に、やはり羨ましさを感じる。父親の愛情を一身に受けている。

それに、何より藤枝とは血の繋がりという固い絆で結ばれている。祐輝と藤枝の関係は、もろいものだった。確かな絆なんてない。愛情が二人を結びつけてはいるが、それがいつまでも続くなんていう幻想は抱いていないからだ。

「今日は二人の間を邪魔してしまったな。親子水入らずの貴重な時間なのに」

「そんなふうに考えないでくれ。翔は大事だが、君も大事なんだから」

祐輝は彼の言葉を聞いて、胸が熱くなった。我が子と同じくらいの愛情を自分に注いでくれているのだと思うと、嬉しくてならない。

「僕だって、あなたともっと一緒にいたいと思ってしまうけど……」

「それなら、ずっと一緒にいてくれ」

「でも……」

そんなことが可能なのだろうか。いや、そうしてもいいのだろうか。祐輝には判断がつかなかった。

本気で、親子の邪魔はしたくないのだ。まるで、自分がその間に入る資格があるかのように感じてしまうから。

決してそうではないのに。

祐輝は心の痛みを押し隠して、少し笑った。

「じゃあ、少しずつ二人の間に混ぜてもらおうかな。それに、夜は大人の時間だと思うし」

「そうだな。大人の時間も大切だ」

藤枝はにやりと笑った。彼が何を考えているかなんて、祐輝には判りすぎるほど判っている。自分も同じことを考えているからだ。

「また、あなたの店に行ってもいい？」

「もちろんだ。いつだって歓迎するよ。もちろん、家に直接来てもらってもいい。翔も喜ぶ」

「うん……。そうだね」

彼や翔に歓迎してもらえるのは嬉しいが、祐輝はどれだけ彼らと距離を近づけていいか判らなかった。本当に自分は邪魔ではないのだろうか。藤枝はそうは思わなくても、翔はどう思うだろう。

本当に……自分も家族の一員みたいになれたらいいのに。

叶わぬ夢と思いながらも、そんなことを考えずにはいられなかった。

翌日の月曜日、祐輝は彼の店に行くのを我慢した。毎日、顔を見たいなんて、そこまで彼に夢中になっている自分が嘆《なげ》かわしかった。

本当は会いたくて仕方がない。彼の顔が見たい。声が聞きたい。他愛のない会話でもいい。そして、できることなら、彼に触れたかった。

四年前の二人に、いや、それ以上の関係になったのだと、確認したかった。

けれども、なんだか怖かった。彼の言葉を信じてないわけではない。昔の誤解はすべて解けたと信じている。

それでも、二人の未来に何があるのか、祐輝は恐れていた。自分の気持ちは変わらないとしても、藤枝の気持ちはどうなのか判らない。彼は一度、結婚生活を経験している。子供もいる。

彼がこれから再婚しないと……誰が言い切れるだろう。彼は祐輝を求めた。愛情深く抱いてくれた。しかし、彼はいつかまた自分の心を粉々に壊してしまうかもしれない。そして、彼ら親子の前から去らなくてはいけない羽目になるかもしれないと思ってしまうのだ。

もちろん、未来のことなんて判らないが、祐輝は不安で仕方がなかった。

けれども、次の日の火曜には、会社の帰りにまた彼の店へと向かってしまっていた。どうしようもない。彼に会いたくて、仕事にも集中ができなかった。それくらいなら、意地を張らずに会ってしまったほうがいい。どのみち、ずっと我慢できるはずもないのだから。

店に入ってきた祐輝を見て、藤枝は嬉しそうに微笑んだ。そんな笑顔を見ると、祐輝も胸が高鳴った。やはり、変な意地を張らずに、昨日、会いにくればよかったのだ。

カウンター席に座り、コーヒーを頼んだ。

「よかった。今日は来てくれたんだね」

「あんまり毎日ここに来ると迷惑かなと思って、昨日は我慢したんだ」

「迷惑？　どうして？」

藤枝には本気で意味が判らないようだった。

「しつこい、とか……そういうふうに思われるんじゃないかって……」

「まさか！　そんなこと、思うわけがないだろう？」

彼は心外だというふうに顔をしかめた。祐輝は小さな声でそっと自分の気持ちを打ち明けた。

「だって、こういうことには慣れてないんだ。自分がどうしたらいいのか、よく判らなくて」

今まで付き合った相手は藤枝だけで、四年前は身体の関係なんてなかった。どういうふうに自分が振る舞っていいのか判らない。恋人然として、好きなときに彼に会いにくればいいのだろうか。それでは、図々《ずうずう》しすぎるような気もする。

「そうか……。君は経験がないから……」

藤枝は何故だか妙に嬉しそうな顔をしている。祐輝がいろいろ悩んでいることも、彼にとっては、あまり大した問題ではなさそうだった。

「この間のことも、なんだか夢の中の出来事みたいだったし……」

「夢じゃないさ」

藤枝の声はすっかり誘惑するような声音《こわね》になっている。祐輝にだけ聞こえるような声であっても、なんだか恥ずかしかった。

「いつだって、家に来ていいんだよ。今日だって……」

「いや、今日は……」

断ろうとすると、彼はがっかりしたような表情になった。

「あの……その……店が終わる時間がこの間くらいなら、電話とか……していいかな？　今日じゃないけど」

「もちろん。でも、今日でもいいんだよ。図々しいなんて思わない」

祐輝は彼が出してくれたコーヒーの香りを嗅ぎながら、赤面した。

「僕だって、夢じゃなかったことを確認したい気持ちもあったけど……」

「そうだろう？　実は僕もそうだ」

「えっ、あなたも？」

相手は男ではなくても、彼は今までに何人もの相手がいたはずだ。まさか、そんなふうに考えるとは思わなかった。

「四年間……だよ？　僕は毎日、後悔していたんだ」

藤枝はそっと秘密を告白するかのように呟いた。祐輝は自分のほうが彼に対して強い想いを抱いていると思っていたが、必ずしもそうでないという可能性があることに気がついた。彼もまた自分と同じくらいに想ってくれていることも考えられる。

「ごめん。僕は自分のことばかり考えていた。自分のプライドとか、くだらないことにばかり、こだわっていた」

　自分の想いをすべて吐き出したわけではないが、祐輝は素直にそう告げた。彼を悲しませたくなかったからだ。

「君の気持ちは判るよ。僕はそれを責めたりできない。でも、信じてほしい気持ちもある」

　そういう意味では、自分はひどい人間だ。こんなふうに優しくされているのに、まだ彼を全面的に信じてないのだから。

　だが、心を曝け出してしまったら、後が怖い。傷つけられることが、今でも怖かった。

「うん……判った」

　祐輝は自分の心を押し隠して、そう答えた。本音でないことは、彼には見抜かれているかもしれないが、それでも祐輝がそう答えると、明らかにほっとしたような顔をした。

　しばらく雑談を交わしてしたとき、不意に彼の携帯が鳴り始めた。彼は祐輝に詫びながら、電話に出る。

「はい。……えっ？」

　藤枝は顔をしかめた。

「判りました。はい。……いえ、大丈夫ですよ。ちゃんとできますから、ご心配なさらずに。……ええ、じゃあ、お大事に」

藤枝は携帯を切り、大きな溜息をついた。

「何かあった？」

祐輝は彼が眉間《みけん》に皺《しわ》を寄せているのを見て、只事《ただごと》でないような気がした。

「家政婦の西岡さんが足首を捻挫《ねんざ》したらしいんだ。七時までに保育園に迎えにいかなくちゃいけないけど、店はまだ閉められないし、保育園に電話をして、少し待ってもらわないと」

祐輝は自分が仕事を引き継ぐと言いそうになったが、さすがにいきなりは無理だ。この店のことは何も判らない。けれども、子供を迎えにいくくらいは、できそうだった。確か保育園は彼のマンションからそれほど遠くない。徒歩圏内《けんない》だったし、車を持たない自分でもここからちゃんと行ける場所だ。

「あの……僕が代わりに迎えにいこうか？　タクシーを使えば七時に間に合うかも」

おずおずと手を挙げたら、藤枝の顔がぱっと輝いた。

「本当に行ってくれるか？」

「もちろん。鍵を貸してもらえれば、そのまま連れて帰って、御飯を食べさせてあげられるよ」

少し図々しいかと思ったが、彼だって来てほしいみたいなことを言っていたのだから、それくらい構わないだろう。

「すまない。あまり世話になっても悪いが……」

「全然構わないよ。遠慮しなくていいんだ。僕だって、その……行きたい気持ちもあるし」

彼が帰ってくれれば、また会える。そのことを考えて、口ごもってしまったら、藤枝の目が優しくなった。

「じゃあ、これ……」

藤枝はポケットを探って、鍵を差し出した。

「合鍵を作っておいたんだ。君のものだ」

最初からくれるつもりだったと思うと、祐輝の胸は温かくなってくる。鍵を受け取り、キーケースにつけた。これはすごく大事なものだ。マンションの鍵なんて、信頼できない人間に渡したりしないものだからだ。

「じゃあ、行ってくるね」

「気をつけて。保育園には連絡しておくから」

コーヒー代を払おうとしたら、止められてしまった。逆に、タクシー代をもらった。なんだか悪いと思ったが、その分、彼の夕食も作っておけばいい。どのみち、何か作って翔には食べさせなくてはいけないし、自分も腹が空く。

誰かのために料理をするのは、久しぶりだ。いろいろ考えていたら、楽しくなってくる。彼の家政婦には悪いが、しばらく彼女の代役を務《つと》めるのもいい考えのような気がしてきた。

保育園に行くと、前に挨拶した園長がいた。翔が嬉しそうに祐輝に飛びついてきたから、不審《ふしん》な男と思われることはないだろう。それに、藤枝が電話で前もって連絡してくれていることもあるが、園長と顔を合わせているかどうかというのは大きい。保育園も、見知らぬ人間に大事な子供を渡したりしないからだ。

「パパがね、電話でおにいちゃんが来てくれるって」

翔は興奮したように言った。よほど嬉しいらしい。そう思うと、祐輝も嬉しくなってきた。彼に受け入れられなかったら悲しい。先生に挨拶をして、翔を連れて保育園を出た。

「今日はおにいちゃんが御飯作ってあげるよ」

「おにいちゃん、御飯作れるの？」

「そうだよ。翔君の好きなおかずって何？」

「ハンバーグ！　それからね、カレーとね、スパゲッティとね」

いかにも子供が好きそうなものばかりだ。もちろん子供なのだから当たり前だが。

「じゃあ、嫌いなものは？」

「うーんとね……人参《にんじん》と……しいたけと……ピーマンと………」

だいたい幼児が嫌うようなものだ。嫌いなものはそれでいいとして、アレルギーになるものはないのだろうか。後で電話して聞いてみよう。

自分に年の離れた弟や妹がいなくて、小さな子供の世話をしたこともなかったら、翔に何かしてあげたくても、何も考えつかなかったかもしれない。ずいぶん子守りをさせられて、不満に思ったこともあったが、今にしてみれば役に立つことだらけだ。

祐輝は合鍵を使って藤枝の部屋のドアを開けたとき、妙にドキドキしてしまった。こんなことは初めてだ。自分の部屋でもないのに、鍵を使って入るなんて。

「ただいま！」

翔は誰もいない部屋に向かって大きな声で挨拶をする。思わず祐輝が横で答えた。

「お帰り、翔君」

翔は目を丸くして祐輝の顔を見た。

「一緒に帰ってきたのに、どうして？」

「誰かお帰りって言ってくれないと、淋しいだろう？」

祐輝自身、そんな思いをしたことが子供の頃にあるからだ。母を亡くして、家で優しく出迎えてくれる人はいなくなった。

翔はにこっと笑顔になった。

「おにいちゃん、お帰り！」

「ただいま、翔君」

翔は明るく笑いながら、靴を脱いで洗面所に駆け込んだ。帰ってきたら手を洗うという躾《しつけ》をされているからだろう。祐輝も手を洗うと、キッチンへ行き、冷蔵庫の中などを見て、メニューを決める。藤枝に電話をして、アレルギーがないことも確認した上で、スープと小さく刻んだ野菜を入れたオムレツとポテトサラダを作った。

「おいしい！」

翔は喜んで食べてくれた。誰かがこんなふうに自分の料理を楽しんでくれると嬉しい。自分ひとりのためだけに作るのは、どこか虚《むな》しいのだ。自分でおいしいと思っても、ただの自己満足のような気がして。

それに、誰かと食べる夕食はそれだけで楽しかった。外食することもあったし、会社の仲間と食べるときもある。付き合いもあり、接待《せったい》もあった。けれども、やはり家庭で誰かと食べるのが一番楽しい。

ここに藤枝もいてくれたら、もっと楽しかったに違いない。いや、それは翔のほうが思っていることだろう。彼はけなげに我慢しているが、淋しくないわけがない。自分に母親がいないことを知っているだろうし、父親だけが彼の家族なのだ。

本当は藤枝が再婚して、翔に新しい母親ができることが一番喜ばしいことに違いない。とはいえ、義理の母親が必ずしも愛情をもって育ててくれるとは限らない。そのことは、祐輝が一番判っていた。

翔には自分が遭ったような目に遭わせたくない。自分とは状況が違うのに、何故だかそんなふうに考えてしまう。藤枝はいい父親だから、心配はいらないと思うが、翔を見たらお節介《せっかい》がしたくなってきてしまう。

風呂にも一緒に入って、身体や髪を洗ってやる。大変だけれども、祐輝にとっては懐かしいことだった。祐輝と初めて一緒に風呂に入った翔のテンションは高かったが、風呂から上がった頃には疲れてきたのか、ぐずりだした。

「パパ、待ってるもん。すぐ帰ってくるもん」

さすがに、いつも一緒にいる家政婦が傍にいなくて、不安になってきたのかもしれない。祐輝は彼を膝の上に抱き上げて、背中をさすってあげた。

「パパはちゃんと帰ってくるよ。お布団の中で待ってよう。好きなご本、読んであげようね」

「うん……。パパが帰ってきたら、お帰りなさいって言うの。パパが淋しくないように」

「翔君は優しいね。パパ、きっと喜ぶよ」

翔は機嫌を直して、やっと布団に入ってくれた。本を少し読むと、たちまち寝入ってしまう。すると、急に祐輝のほうが淋しくなってきた。

子供の世話は大変だが、騒がしいだけに、眠ると急に部屋の中がし－んとしてしまって、一人でいるのが切なくなってくる。自分は用済みだと思ってしまうからかもしれない。今日の自分は家政婦の代わりに過ぎないからだ。

とはいえ、眠っている子供をほったらかしで帰るわけにもいかない。翔が散らかしたおもちゃやキッチンを片付けているうちに、玄関ドアの鍵が開く音がした。祐輝は玄関に急いでいた。前より時間が早いから、早めに店を閉めたに違いない。

ドアが開いたところで、藤枝がにっこりと笑った。

「ただいま、祐輝」

「お帰りなさい……昇」

まだ数えるほどしか、彼の名前を呼んでいない。まだ慣れてないからだ。しかし、藤枝の喜ぶ顔を目にして、祐輝も嬉しくなっていた。

「翔は？」

「眠ってるよ。パパを待ってるって、少しぐずったけど」

「面倒をかけてすまなかった。あいつの世話は大変だったろう？」

「大変だけど、子供は可愛いからね。……御飯、作ってあるけど食べる？」

「もちろんだ」

藤枝は優しい目をして頷いた。寝室の戸を開けて、翔の寝顔を見てから、ダイニングへと向かった。

「風呂も入れてくれたのか？」

「子供と一緒に入ったのは、久しぶりだよ」

藤枝とはついこの間、一緒に入ったことを思い出し、祐輝は顔を赤らめた。藤枝はそれに気づいて、意味ありげに笑った。

「子供の父親と一緒に入るほうが好きかな？」

「違う！　いや、違うとかじゃなくて……その……比べられないから」

「判ってる。僕も君と入るのは、別の意味で楽しかった」

浴室で抱き合い、キスをして、さんざんお互いの身体に触れた。祐輝は彼の身体に触れることで、彼が自分のものだと確信したかったのだ。

テーブルの上に並べられた料理を見て、藤枝は嬉しそうに笑った。

「君が料理を作って、待っていてくれるなんて幸せだな」

「家政婦の……西岡さんだって料理を作って、待ってくれただろう？」

「彼女の場合、仕事でもあるからね。もちろん感謝してるよ。彼女がいなければ、安心して仕事もできない。でも、西岡さんと君は違う。君は……誰にでもこんなに優しいとは思わないし」

確かにそうだ。誰にでも優しいわけではない。誰にでも料理を作って、子供の世話をしてあげるわけではないのだ。

藤枝は料理を口に運んだ。

「うん。おいしい。君の愛情が詰まっている」

「お世辞はいいよ」

「お世辞じゃない。実際おいしいし、それに君の愛情を感じる」

祐輝は照れてしまった。愛情は見えないものだし、味に何か違いが出るわけではないが、それでも感じ取れるものなのだろう。

「あなたのことが好きだから……。あなたの子供も好きだ。大事にしてあげたい」

藤枝がぱっと目を上げて、祐輝を見つめた。あまり長い間、見つめられていたから、祐輝はどうしたらいいのか判らなくなってくる。目は逸らせないし、かといって、じっと二人でにらめっこしているのも、おかしな話だ。

「しばらく一緒に住まないか」

　祐輝は驚いて、一瞬、声が出せなかった。まさか、いきなりそんなことを言われるとは、思わなかったのだ。

「しばらく……？」

　同棲とは、また違うのだろうか。恋人同士が一緒に住むということは、そういうことになると思うのだが。まさか単なる家政婦の代わりということではないはずだ。しかし、翔と二人暮らしのところに、自分が入ってもいいのだろうか。

「西岡さんが復帰するまで。いや、本当はずっといてほしいけど、とりあえず、試《ため》しに一緒に住んでみないか？」

　少しがっかりしたが、試しに住んでみるのは悪くない。同棲《どうせい》すると決めてからだと、後から都合の悪いことも起こるかもしれない。それより、自分に帰る場所が残されている状態で、試してみるほうがいい。

「もちろん、君を西岡さんの代わりにしようっていうわけじゃない。ただ……君がいてくれたら、僕も翔もどんなに幸せだろうと思ったんだ。嫌なら断ってくれてもいい。こっちの勝手な考えだし、その……君には負担《ふたん》かもしれないし」

「そんなことない！」

　祐輝は誘われたことが嬉しかった。自分がいると幸せだと思われたことが嬉しかった。

「負担なんて思わない。僕は子供が好きだし、子供のパパはもっと……」

　自分が言いながら、照れてしまった。藤枝の眼差しがたちまち優しくなってくる。彼のこんなときの目が好きだ。胸が温かくなり、身体も熱くなってくる。

「僕を頼ってくれたら嬉しい。ただ、僕も毎日、定時で帰れるというわけじゃないんだ」

「もちろん、それはこちらでなんとかする。元々、夜だけ働いてもらうカフェの従業員を雇うつもりでいた。西岡さんに頼りきりだったし、翔も可哀想だから。何がなんでも、君に面倒を見てもらおうなんて浅ましいことは考えていない」

　祐輝は判っているというふうに頷いた。彼は自分を利用しようとしているわけではない。そういう人間ではないのだ。

「ただ、君と住みたいだけかもしれない。これがいいきっかけというか、君を口説《くど》く理由になると気づいたんだな」

　藤枝は微笑んで、料理を口に運んだ。

「こうして君が毎日ここにいてくれたら、幸せだろうと想像したんだ」

「僕も……あなたを毎日ここで出迎えたいと思った。あなたがただいまって言ってくれたら、幸せだなって……」

二人の視線が絡み合う。身体が熱くなってきて、なんとも言えない気持ちになっていく。彼に抱かれたくて、思わず椅子の上でもぞもぞと動いてしまった。

「これから、少し時間がある？」

きっと藤枝も同じことを考えているのだ。祐輝は頷いた。彼の顔がぱっと輝いた。

「よかった。食事をして、さっとシャワーを浴《あ》びるから……それから……」

もう、なんだっていい。祐輝は今日からでもここに住みたかった。彼に抱かれたい。彼と一緒にいたかった。

愛しい人。

祐輝にとって、藤枝はまさしくそうだった。


それから、祐輝は身の回りのものを持って、藤枝のマンションで暮らすようになった。

翔はますます懐いてくれるようになり、保育園の園長以外の先生ともすっかり顔馴染《なじ》みとなっている。彼らが藤枝の友人というふれ込みの自分をどう思っているのか知らないが、もう深く考えないようにした。

確かに、藤枝と自分の関係は、人に知られれば眉をひそめられるだろうし、祝福されるものではない。けれども、二人とも真面目に交際しているつもりだ。誰にも迷惑はかけていないし、愛情で結びついた関係だった。

もちろん、まだ祐輝には不安があった。藤枝と翔は家族だが、自分は居候《いそうろう》に過ぎないと。だから、藤枝との関係が崩れたときには、自分はこの居心地のいい場所から出ていかなくてはならない。

何より怖いのは、藤枝が再婚を決意したときだった。彼が裏切ることはないと思いながらも、翔のためだったら判らない。彼は恋人より、子供のほうが大切なのだ。いや、それが悪いというわけではない。それが当然だと思っているし、そうではなかったら、そのほうがショックだ。何より子供を大切にしている彼が好きなのだから。

だから、もしそういうときが来たら、喜んで身を引こうと思っていた。ひそかに泣くかもしれないが、恨《うら》み言《ごと》を言わないつもりだし、彼を憎んだりしない。すべては彼と翔のためだ。

とはいえ、今はまだ三人の穏やかな生活が続いている。そして、祐輝はずっとこの生活が続けばいいと願っていた。

　ある日、会社にいるときに、藤枝から電話がかかってきた。今日は人と会う用事ができて遅くなるから、翔を迎えにいってくれないかという。ちょうど遅くならない時間に帰れそうだったから承諾《しょうだく》して、会社帰りに翔を迎えにいった。

　藤枝は夜に自分の代わりをしてくれる従業員を雇い入れ、自分で翔を迎えにいくようになっていた。祐輝がいるし、家政婦はいなくてもやっていける。まさしく三人だけの生活で、祐輝は別に不満はなかったが、彼がこんなことを頼んできたのは初めてのことだった。

　人に会う用事って……。

　祐輝の胸に不安が過ぎった。が、いくらなんでも、いきなり彼が不実な真似をするはずがなかった。昨夜だって、かなり激しく抱き合ったのだ。性欲だけが問題ではないだろうが、愛情も確かにあると思うから、昨日の今日で、変なことにはならないだろう。

　祐輝は、藤枝が別れを告げる日が来るかもしれないというよりは、いつか来るものと思っている。それをいつも念頭に置いているのだ。それを忘れて、彼を自分のものだと思い込んだとき、運命から強烈なしっぺ返しを食らうような気がしてならなかった。

　もし自分の考えを藤枝が知ったら、思い過ごしだと言うかもしれないが。もしくは、激怒するかもしれない。信じてないのかと言って。

いくら信じたくても、その部分だけは信じられない。彼がいつか去るものだと思って、あらかじめ心の準備をしていたほうが、祐輝は楽なのかもしれなかった。

祐輝はずっと彼の帰りを待っていた。いつ帰るという連絡もない。夜中になって、やっと帰ってきたとき、祐輝は心からほっとした。あまり帰ってこないから、事故に遭ったのではないかと、気を揉《も》んでいたのだ。

「お帰りなさい」

玄関まで出迎えた祐輝は眉をひそめた。酒の匂いだ。こんな匂いをさせて帰ってきたのは、祐輝が一緒に住むようになって初めてだった。

「ただいま……」

藤枝は一瞬、祐輝の顔を見つめた。が、頭を振って、何も言わずにリビングへ向かう。なんの用事だったのか、誰と会っていたのか、とても興味があったが、直接訊くことはできなかった。やぶへびという言葉がある。あまりつついて、彼を追いつめたくなかった。

「夕食は？」

「食べてきた。ああ、ちゃんと君に連絡しておけばよかったな」

藤枝は顔をしかめた。

「別にいいよ。明日の朝、食べられるものだし」

「ごめん。なんだか……その……いろいろ考えることがあって」

どんなことを考えなくてはいけなかったのだろうか。祐輝はじっと彼の顔を見つめた。

彼がふっと視線を逸らしたのを見て、祐輝は愕然とする。そんなふうにするからには、何か疚《やま》しいことでもあるのだろうか。

いや、彼の悪事を暴《あば》くような目をして見たのが悪かったのかもしれない。彼を批判する資格なんて、自分にはないのだ。

「車は？　まさか運転してきた？」

「運転代行を頼んだから」

それを聞いて、祐輝はほっとした。彼には翔がいるから、無謀《むぼう》な真似はしないと信じているが、それでも彼が酒気《しゆき》帯《お》びで事故を起こしたりしたらと思うと怖い。

藤枝は重い溜息をついた。

「ここへ座ってくれ」

藤枝が厳しい顔つきで、祐輝をリビングのソファに連れていく。彼の話を聞きたいと思いつつも、なんだか怖かった。何かとんでもないことを聞かされそうな気がして。

いや、そうではなかった。四年前に別れたときのように、あっさりと別れようと言われることが怖かったのだ。再会して、昔以上に親密な付き合いをするようになってから、いつも祐輝はそれを恐れていた。

今夜……また昔のように傷つかなくてはならないのだろうか。

そうではないと言ってほしかった。君だけを愛している、と。

彼と翔のためなら、身を引くつもりでいたが、土壇場《どたんば》に来たら、自分はみっともなくすがりついてしまうかもしれないと思った。まだ彼と別れたくない。この家庭の温もりの中から、外に追い出されたくなかった。

せめて、もう少し……もう少しだけでもいいから、ここにいたい。

表情にその必死さが見えていたのかもしれない。藤枝は祐輝の横に座り、肩を抱いた。

「そんな不安そうな顔をしないでくれ」

「でも……でもっ……」

「落ち着いてくれ。これは僕の問題なんだ。君に直接、関係することじゃない」

そう言われて、祐輝は少し肩の力を抜いた。彼にとって重要なことであれば、自分と無関係とは言えないが、それでも別れようという話ではないようだった。

「今日……父に会ったんだ」

「お父さんに?」

確か彼は勘当されたはずだった。親が認めない女性と結婚したせいで。

「ああ……。父は四年も経って、僕がどうしているのか、やっと心配する気になったらしい。それで、調べてみたら、僕がすでに離婚していたと知った。しかも、一人息子がいる。それで、彼はやってきて、昔のことは水に流そうと言ってきたんだ」

水に流すことができるのだろうか。藤枝は自分の子供を始末しろと言われたのだ。それに、それまでやっていた仕事まで奪われた。

祐輝は当時の藤枝のことを思い出した。あの頃、彼は若かったせいかもしれないが、自信に満ち溢れていた。それが喋り方や動作に表れていて、とても目立っていた。この四年で、彼はとても穏やかになっていたが、子供ができたせいだけではなかったかもしれない。

飲食店を出して、自分で経営したいという夢はあったのだろうが、実際にやるのとでは違う。しかも、結婚には失敗している。エリートから転落したような気分になったことが、一度でもなかったとは思わない。

そんな苦難を強いておいて、今更、水に流せるだろうか。いや、もちろん、祐輝にはそれに口を挟む権利はない。彼がどういう道を選ぶのかは自由だ。

それに、彼が自分の一族に戻れば、エリートの道が約束されているだろう。あの頃より、もっと人生経験を積んだ彼は、経営者一族の中でも貴重な戦力となるはずだ。けれども、彼がエリートに戻るということは、カフェをやめるということになるかもしれない。カフェ自体は人に任せればいいのだが、確実に今のこの生活は変わるだろう。

もっといいマンションに住むだろうし、自分などいらない存在になるのではないだろうか。そうではないと言い切れない。彼の父親は息子の人生を支配したいタイプのように思える。それなら、男と付き合うのは最も避けるべきことだ。

「あなたは……どうしたいの？　すべてを水に流して、元の会社に戻る？」

心臓がドキドキしている。彼が戻りたいのなら、今はそうではなくても、いずれ二人は別れることになるかもしれない。

「元の会社に？　またいつ、父の不興《ふきょう》を買って、勘当されるかもしれないのに？」

「でも、実の家族なんだし、あなただって、勘当されるよりは元に戻りたいんじゃないかと……」

「馬鹿な」

藤枝は鼻で笑った。

「馬鹿？　馬鹿かな？　僕には判らない。僕の家族は幻のようなものだった。近くにあるのに、僕はその輪の中に入れない。弟や妹の世話をするときだけ、入れてもらっていたんだ。本当の家族を手に入れられるなら、何を犠牲にしてもいいと思ったときもあった」

実際には、祐輝は自分の本当の家族を手に入れられない運命にあるようだった。女性と恋愛できない。好きなのは藤枝だけだ。もちろん、結婚もできない。子供も持てない。家族なんて、持てるはずがなかった。

「血が繋がった実の家族でも、君の思うようなものじゃないとしたら？　僕だって、昔はそんなことには気づいていなかった。家族から期待されて、僕は意気揚々《ようよう》と人生を歩んでいた。だが、そうじゃなかったんだ。父親の思うように動いていた間はよかった。そうじゃなくなった途端に、放り出された」

藤枝の声には痛みが感じられた。やはり、彼はそのことで傷ついていたのだ。彼の元妻は、彼にどれだけの傷をもたらしたのだろう。

「だけど、それに気づいてよかったと思う。僕は自分の道を築くことを覚えた。結婚は失敗したが、それも後悔していない。君と再会できた。ずっと欲しかった君を手に入れられた。……今、幸せなんだ」

祐輝の胸は熱く震えだした。そっと彼に目を向けると、彼もまたじっと自分のほうを見つめている。

「父の和解については、別にそれでいいと思っている。普通に親戚付き合いみたいなものを始めてもいい。けれども、もう会社に戻ることはないし、カフェを畳んだりしない。僕は今の生活の基盤を自分で築いたんだ。それを大事にしたい」

まるで祐輝を大事にしたいと言っているような気がした。気のせいかもしれない。だが、彼の眼差しを見ていると、そんなふうに思えた。

「お父さんは納得してくれた？」

藤枝はそのときのことを思い出したように、くすっと笑った。

「新種の生き物でも見るかのような目で見られたよ。一応、納得してくれた。後でいろいろ問題は起こるかもしれない。けど、僕は自分の信じた道を行く。それを父には邪魔されたくない」

今度は意図《いと》を間違いようがないくらい、藤枝は祐輝の手を取り、しっかりと握ってきた。その力強さに、祐輝は眩暈《めまい》のようなものを覚えた。

嬉しいのに、それでいいのだろうかという思いもある。自分は藤枝といつまでも一緒にいたい。しかし、彼や翔にはいろんな道が残されている。もし、彼らが立派に花咲ける道があるとしたら、その道を選んでほしいとも思った。

もし、祐輝と歩むために、この道を選ぶのだとしたら……。

選択肢は常にあるのだと、彼の肩を揺さぶって教えてあげたかった。

「翔君はお父さんにとっては孫になるから、会いたいと思ってるだろうね」

「孫……ね。そうだな。会いたいとも言っていた」

が。


「写真とか送ったことがある？」

「ないよ。でも、向こうはちゃんと写真を手に入れていた。つまり、探偵か何か雇って、盗み撮りしていたんだな」

祐輝はぞっとした。だが、藤枝が写真も送っていなかったとしたら、孫のことを知りたいと思っても仕方ないのではないかとも思った。

藤枝と父の間には、何か他に確執《かくしつ》があるのかもしれない。祐輝にも自分の父との間には確執がある。いや、確執は祐輝の側だけにあって、父は祐輝に常に無関心であっただけだが。

ともあれ、祐輝が藤枝とその父の間のことをとやかく言うべきではないだろう。やはり、なんと言っても、他人なのだ。家族のように一緒に暮らしていても、他人の自分が口を出すことではない。

「父は君のことも言っていた……」

祐輝はドキッとした。自分達の関係も探偵が探り出したというのだろうか。藤枝の瞳はどこか謎めいていて、彼の心の内側が読めなかった。

「お、お父さんは僕のことをなんて……？」

「探偵はただ男の同居人がいるとだけ報告したようだ。もちろん、僕達の本当の仲が他人に判るはずがない。だが、父はルームメイトが必要なほど困窮《こんきゅう》しているに違いないと決めつけた。だから、自分達の元に戻ってきて、しかるべき相手と再婚しろとも言った」

再婚……！

祐輝は無意識で彼の手を振り払おうとした。だが、逆にもっとしっかりと握られてしまう。

「父はそんな男だ。僕がどんな人間なのか、どんな相手を愛し、どんな幸せを求めているか、何も知らない。気づこうともしない。物質的なものが至上《しじょう》のものだと勘違いしている。僕が君を愛し、君と暮らすこの生活を何より幸せだと思っていることなんて、何も判ってないんだ！」

「昇……」

祐輝は藤枝に抱き寄せられ、彼の肩に顔を埋めた。

「君が名前を呼んでくれる声が好きだよ。君が傍にいてくれるだけで、僕は……」

彼の深い想いが伝わってきて、祐輝は震えながら涙を流していた。こんな弱い自分を許してほしかった。彼に抱き締められて、彼の想いを知り、胸がいっぱいになって何も言えなくなるほど弱い自分を叱《しか》ってほしかった。

彼は祐輝を選んだのだ。彼には、もっと違う道があるのに。

祐輝はその幸福を拒絶することができなかった。彼の幸せがどこにあるのか、彼自身が言うように、自分と一緒にいることかどうかは判らない。祐輝の幸せが彼と一緒にいることに違いないことは判っている。しかし、彼には選択肢《し》があるはずだ。

藤枝は祐輝と歩む道を選んだ。本当にそれでいいのだろうか。これが本当に彼の幸福なのだろうか。

物質的なものに恵まれていれば幸せかと訊かれれば、そうではないと自分も言っただろう。これは藤枝だけではなく、翔の問題もある。経営者一族の中にいれば、翔が大人になったときに、彼はどれだけ恩恵を受けられるだろう。その可能性さえ、藤枝は潰しているのではないかと、心配になった。

藤枝は親戚付き合いをすると言っている。だから、そこまで心配することでもないかもしれない。それでも、藤枝が父親から差し出されたいろんなものを、そんなに簡単に祐輝のために放り投げたのが信じられなかった。

僕が身を引くべきなのか……？

想像してみて、そんなことは耐えられないと思った。彼が抱き締めてくれて、愛していると言ってくれている。僕と一緒にいることが何より幸せなのだと。

それこそ、そんな幸せを自分に放り投げられるわけがない。彼と一緒にいたい。いつまでも。彼に愛されたい。ずっと永遠に。

四年前だって、彼に別れを避けられたときは、この世の終わりのような衝撃を受けた。今はもっと親密な関係になっている。彼と別れて、自分が今までのように生きていられるとは思わない。

彼は自分のすべてだ。彼に突き放されない限りは、自分から離れることなんて、絶対にできない。

祐輝は彼の背中に手を回して、しがみついた。情けないことに嗚咽《おえつ》が洩《も》れた。彼に撫でてもらっている背中が震えている。

「泣かないでくれ、祐輝。心の底から愛してるよ」

祐輝はなんとか口を開き、息を吸い込んだ。

「僕も……僕も……愛してる。あなたと一緒にいることが、何より幸せなんだ。……これ以上の幸せはないと……」

それ以上、言う必要はなかった。唇がキスで塞《ふさ》がれたからだ。彼の舌がそっと入ってきて、祐輝の舌をからめとった。

眩暈がする。これで本当にいいのかというか想いが渦巻いている。しかし、それより、彼を求める気持ちが大きかった。彼なしには生きられないのだから、自分が彼を求めていることは道理にかなっている。

　何より、今、祐輝は彼が欲しかった。どんなものより、どんな人間より、激しく彼を欲していた。

　彼がいればいいのだ。他の何も欲しくない。

　夢中でキスを返しているうちに、身体は蕩けてきていた。唇を離した後、藤枝はソファをベッドの形にした。祐輝がここに住むようになってから、彼はここにあったソファをソファベッドに買い換えていた。

　藤枝はソファに寝かせた祐輝のパジャマ代わりのTシャツを脱がせ、ハーフパンツと下着も下ろした。欲望の証《あかし》があからさまに主張しているのが見える。藤枝は顔を近づけて、そこに軽くキスをした。

「昇……！」

「ただの挨拶だよ。君のことが好きすぎて、どこにでもキスをせずにいられない気分なんだ」

　彼は祐輝だけ全裸にしておいて、自分は服を着ている。祐輝がそのことを指摘しようとしたときに、彼はそのまま覆いかぶさると、もう一度、唇を重ねてきた。

　文句を言う隙《すき》も与えてくれない。祐輝は内心、苦笑するしかなかった。彼は祐輝を抱くときは、いつもそうだった。まるで祐輝にのめり込むように、他のことはどうでもよくなるようだった。

祐輝は彼の首に腕を絡めた。自分がどれだけ彼のことを好きなのか、目の前に出して証明することはできない。しかし、これは欲望だけではなかった。彼への愛情が自分の中で迸《ほとばし》っている。

藤枝は本当に身体のどこにでもキスをしてきた。祐輝としては、敏感なところを愛撫してほしいと思うのに、そんなに感じない場所にまでキスをしてきて、もどかしくてたまらなかった。

「ね……もっと……」

彼は目を細めて微笑んだ。

「君が何を求めているか判っているけど、少しだけ我慢して」

藤枝は意外と冷静だった。祐輝が身体をくねらせて哀願《あいがん》するのも構わず、じっくりと身体に触れて、キスをしてくる。焦《じ》らしているのだろうか。身体はこんなに熱くなっているのに、肝心《かんじん》な愛撫が受けられなくて、もどかしいばかりだった。

「さあ、背中にもキスをさせて」

「背中……?」

朦朧《もうろう》とした頭には、彼が何をしたいのか、よく判らなかった。ただ彼の言うとおりにうつ伏せになると、うなじにキスをされた。

「あ……」

なんだかゾクッとした。首にキスをされることはよくあったが、うなじは初めてだった。

彼はうなじから背骨に沿って唇を下ろしていく。

「あ……やっ……」

彼の唇は尾骨《びこつ》の辺りまで来ると、またうなじに戻っていく。身体が震える。こんな焦らし方は初めてだった。

大きな手で背中を撫でられる。温かくて、はっとするほど気持ちがいい。

「あなたの手……そんなに大きかったんだな……」

「この手が好き？」

「好きだ……。あなたのどんなところも……」

「僕も君の身体のどんなところも好きだ。だから、君の身体を隅々まで味わいたいんだ。キスをして、撫で回して……いやらしいかな？」

祐輝はくすっと笑った。

「いやらしいけど……すごくいい。あなたの手が……」

もちろんキスもいい。祐輝はすっかり背中を愛撫されることが気に入っていた。気がつけば、愛撫は下半身に及《およ》んでいた。腰にキスをされ、お尻を撫でられている。彼にもっと愛撫されたい場所がその狭間にある。祐輝はいつの間にか、彼にもっと奥のほうに触れてほしくて腰を持ち上げ、膝を立てていた。

「ここにキスしてほしいという、君の要求かな？」

「キスでも……なんでもいいから……っ」

祐輝は腰を揺らした。自分が恥ずかしいことをしているという自覚はある。けれども、そこにどうしても触れてほしい。愛撫してほしい。キスしてほしかった。

いや、祐輝が欲しいのは愛撫じゃなくて、彼自身だった。気持ちよくなるだけのセックスはいらない。彼の愛情を全身で感じたい。彼に自分の愛情を捧《ささ》げたい。ただその一心で、祐輝は彼を受け入れたのだから。

「可愛いお尻だ。……ここもね」

彼の指がお尻の狭間に入り込み、蕾の部分をそっと撫でた。それだけで、祐輝の腰はがくんと揺れる。

「祐輝……僕を誘っているのかい？」

「さ……誘われるのは好きじゃない？」

「まさか。君の誘いは断らない。決してね」

彼は蕾《つぼみ》を舌で舐《な》め始めた。たちまち下半身が溶けていきそうな気分になってくる。彼はどうして自分をこんなふうに変えることができるのだろう。他の男には決してこんな気持ちにはならないと思う。

彼だけ。彼だけが自分を抱けるのだ。

祐輝は甘い吐息を洩らした。腰がひとりでに揺れようとしている。しかし、藤枝にがっちりと腰を掴まれているため、あまり動けない。だから、余計にもどかしくなる。

「あっ……ん……あっ」

なるべく声を抑えなくてはいけないと頭では判っている。しかし、次第に喘ぎ声が抑えられなくなってくる。限界まで感じたらどうなるだろうと思うときもあったが、そんなことはできない。寝室では翔が寝ているからだ。

藤枝は唇を離し、代わりに指を挿入してきた。彼の長い指が自分の中を攻め立てている。指を入れられただけで、祐輝の身体はたまらなくなっていた。身体全体が熱く震えている。

彼が欲しい……！

彼が後ろにいるから、表情が読めない。彼が何を考えているのか判らず、祐輝はふと不安になった。自分と同じだけの欲求が、ひょっとしたら彼にはないのかもしれないなどと考えてしまう。

彼は容赦《ようしゃ》なく内部をかき回している。中で感じるところを、彼はもう把握《はあく》していた。そこを指がさり気なく擦っていき、祐輝はたちまち自分が抑えられなくなる。

「昇……っ！　ああ……もう……もう限界だから……！」

苦しくて、祐輝は頭を左右に振った。自分だけ先に達するわけにはいかない。だから、我慢しなくてはならないが、それが苦しかったのだ。

身体が震え出したところで、藤枝は指を引き抜いてくれた。後ろでベルトを外す音がして、次に衣擦《きぬず》れの音がする。祐輝の期待は高まった。

今ではすっかり馴染《なじ》んだものが蕾に押しつけられる。彼は無言のまま、それを挿入し始めた。

「ああ……っ……」

指より大きなもので、その中が占領《せんりょう》されてしまう。祐輝は満足したように溜息をつきながらも、一方ではまだ満足ではなかった。自分の股間はなんの愛撫も受けていないのに、今にも達してしまいそうなくらいに張り詰めていたからだ。

根元まで入れられて、祐輝はどうにもならないくらいに感じていた。後ろで呻《うめ》くような声が聞こえる。

「祐輝……そんなに締めつけられると、すぐにイッてしまう」

「だって……僕もイッてしまそうで……」

「お互いもう少し頑張ろうか。力を抜いて……」

祐輝は苦労して力を抜いた。すると、彼が動き始めた。後ろから挿入される感覚と、前からされる感覚とは違う。後ろからのほうが深く挿入されているような気がして、祐輝は興奮していた。

顔が見えないことが嫌なだけだ。セックスにはいろいろ体位というものがあるとは知っていたが、その一部を経験しただけで、祐輝は何もかも判ったような気になっていた。しかし、今はそれが間違いだと言える。自分の知らないことがたくさんあり、藤枝はそれを教えてくれようとしているのだろう。

何度も何度も奥まで突かれる。そのうちに、藤枝の手が祐輝の股間のものに絡みついてきた。

「あ……そんな……っ」

ただでさえ限界なのに、そんなことをされたら達してしまうしかない。けれども、もう少しだけ我慢したかった。彼の手の動きがダイレクトに刺激を与えている。身体の奥深くから、熱いものがせり上がってこようとしていた。

絡みつく手が優しく動いている。激しく突かれながら、そのギャップに身体がおかしくなりそうだった。とにかく両方刺激されていては、もう我慢なんてできない。

「もう……もうっ……」

祐輝の身体は熱いもので満たされている。大きく膨らみすぎた快感は、祐輝の全身を貫いた。

「ああっ……」

祐輝の股間に何やら布のようなものが押し当てられていた。それがなんなのか判らないうちに、藤枝は祐輝の腰に自分の腰をぐっと強く押しつける。内部で彼が弾けたのが判った。

祐輝は力を抜き、余韻の中に浸っていた。藤枝が身体を離した後でも、だるくて起き上がれない。限界まで感じたからこそ訪れる至福の時間だった。

ふと、彼が祐輝の股間に押しつけたものは、自分のTシャツだったことに気がついた。すっかり汚れてしまっているが、ソファを汚すよりは被害が少ない。

「悪かった。咄嗟《とっさ》のことだったから……許してくれ」

祐輝はやっと身体を起こした。

「いいんだ。別に……シャツの一枚や二枚……洗えるし」

「そうだな。洗えばいいか」

藤枝はにっこり笑って、後始末をすると、ズボンと下着を引っ張り上げた。祐輝はまだ裸のままだった。

「風呂に入るけど、君も一緒にどうかな？」

風呂は翔と一度入っている。しかし、藤枝と共に入る風呂はまた違う。それを考えると、闇雲に風呂に入りたくなってくる。祐輝は掴んでいた下着を穿《は》くのをやめて、裸のまま立ち上がった。

「もちろん！」

祐輝はせがむように彼の腕に手をかけ、その頬にキスをした。


その翌日のことだった。今日はたまたま定時で退社することができて、まっすぐ家に帰ってきた。家というのは、もちろん藤枝のマンションのことだ。一応、自分の部屋はまだあるが、時々しか帰らない。荷物を取りにいくだとか、郵便受けに溜まったものを整理しにいくくらいだった。

もう少ししたら、藤枝が翔を連れて帰ってくる。そう思うだけで胸が弾むのだから、どれだけ自分は藤枝のことが好きなのだろう。藤枝は今が幸せだと言ってくれたが、本当に祐輝も今が一番幸せだった。

その幸せが指の隙間から零《こぼ》れ落ちないように、しっかりと掴んでいたい。祐輝の不安はまだ残っていた。幸せであればあるほど、これがなくなったときのことを考えると、怖くてならなかった。

祐輝はその不安を振り払って、着替える前に冷蔵庫の中を覗いた。メニューを決めて、材料を出そうとしているときに、インターフォンが鳴った。

きっと翔が押したのだ。もちろん手が届かないから、父親に抱っこされているはずだ。祐輝は急いで受話器を取った。

「はい！」

返事をした後で、モニターをよく見ると、翔ではなかった。まったく知らない男だ。それも、自分の父親以上の年齢の男だった。

「あの……どちら様ですか？」

黙っている彼に恐る恐る声をかける。何故だか嫌な予感が過ぎり、祐輝は受話器を取らなければよかったと思った。

「……昇の父親だが」

昨夜、藤枝に会い、今日はマンションまでやってきた。彼が藤枝と翔を連れ去ってしまうような気がして怖かった。けれども、ここで無視するわけにもいかない。何しろ藤枝の父親だ。帰ってくれなどと勝手に言う権利はない。

「彼はまだ帰ってませんが」

「それでは、待たせてくれ」

やはり、そう来たか。祐輝は息を吸って、オートロックを解除した。

「どうぞ」

程《ほど》なくして、玄関のドアチャイムが鳴った。祐輝はドアを開けて、藤枝の父親を中に入れた。歳は六十代だろう。大企業の社長をしているだけあって、堂々とした態度で、それだけで祐輝は気圧《けお》されていた。

リビングのソファに彼を案内し、とりあえずお茶を出す。

「もうすぐ帰宅すると思います。……お孫さんと」

彼はじろりと祐輝を見上げた。

「少し君に話がある」

「僕とですか？」

まさか、そんな話の展開になると思わなかった。ドキドキしながら、絨毯の上に正座した。

「なんでしょうか？　昨夜、昇さんとお会いになった話はお聞きしました」

「それなら、話が早い。私が昇にこんなところではなく、家に帰ってこいという話をしたのも聞いているんだろうな？」

こんなところ……。自分の部屋ではないが、祐輝は少しムッとした。ここは藤枝が懸命に翔を育てるために選んだ場所だ。確かに彼の目からすると、小さな部屋かもしれない。それでも、そんなに軽蔑《けいべつ》したように言わないでほしかった。

「昇さんは断ったと聞きました。でも、僕には関係のない話なので……」

他人の自分にはなんの関係もない。いや、恋人だから、本当は関係あるのだが、藤枝の父は何も知らないのだ。

「君はあいつの友人なのか？」

「……そうです」

「年が離れているようだが……どういう友人なんだ？」

どういうつもりで、そんな話を訊いてくるのだろう。友人として不適当だということなのだろうか。

「昔の……昇さんが結婚する前に知り合いになって、しばらく疎遠《そえん》になっていましたが、最近、再会して、ここに住むことになりました」

嘘はつかずに、大まかなことを話した。まさか恋人とは言えないからだ。

「昇のこと、君が引き止めているんじゃないのか?」

どういう意味だろう。ひやりとしながらも、返事をする。

「そんな訳はないです。僕はただの同居人ですし、あなた方の家庭に首を突っ込みたくはありません」

それでも、彼の父と対面したおかげで、彼の考えていることが判ったような気がした。こんな支配的な父親を相手に、彼はどんなふうに育ってきたのだろう。きっと彼が父親にとって都合のいい息子であったときは、こんな面を見せてはいなかったに違いない。

「探偵が……うちの昇と君、それから孫の三人を見ていて、まるで親子のようだったと」

「お、親子……?」

祐輝は狼狽《ろうばい》した。自分達は三人家族のようだと、祐輝も思っていた。だが、それを認めるわけにはいかない。特に、隙があれば藤枝親子を連れ去ろうとしている相手には。

「僕は女には見えないと思いますが」

「君はただのルームメイトかと思った。部屋代を折半《せっぱん》しているのだと。だが、あいつの店はそれなりに儲《もう》かっている。これくらいの部屋代が払えないわけではない。君とあいつはどういう関係なんだ？」

　まさか、探偵の印象だけで、そんな疑惑をかけられるとは思わなかった。だが、気づかないうちに、自分と藤枝はそんな雰囲気を醸《かも》し出していたのかもしれない。

「僕はただ子育てを手伝っているだけです。子供の相手が得意なんです。年の離れた弟や妹がいましたから」

「それだけなのか？」

　彼の父親は疑い深い目を向けてくる。内心、冷や汗が出る思いがしたが、祐輝は頷いた。絶対に知られてはならない。もし、本当の関係を知られたら、なんだか脅迫されそうな気がしたからだ。

「それなら、君も判るだろう？　あいつがロクでもない道を歩もうとしているのが。あんな小さな店を経営したところで、大した金にはならない。どうしてあいつがあんなもので満足しているのか、私にはさっぱり判らない」

　彼は今が幸せだと言った。当然、父親にもそう言ったのだろう。それが当の父親には理解ができないのだ。自分の価値観に凝《こ》り固まっているからだ。

　ふと、自分はどうだろうかと思った。彼の幸せはここではなく、元の生活を取り戻すことにあるような気がしていた。そのために身を引くべきではないかとまで思ったのだ。

だが、違う。祐輝は彼の父親を見て、確信した。彼の幸せは彼が決める。彼がこのままでいいと言うなら、それが一番なのだ。たとえ、グループ会社のトップに据《す》えてやると言われても、今のカフェのほうが彼にはいいのだろう。

元の世界に戻れば、いい家柄のお嬢さんと再婚できるかもしれない。しかし、それでも、彼は祐輝を選んだ。カフェ同様、ちっぽけな人間かもしれないが、それでも彼はこちらを選んだのだ。誰にも強制されずに、自分で選んだ。

祐輝の胸に誇《ほこ》らしさが押し寄せてきた。いろいろ苦しいこともあるだろうが、藤枝は自分との暮らしを選んでくれた。

「昇さんの気持ちを僕が代弁《だいべん》するわけにはいきません。カフェを営《いとな》み、翔を育て、祐輝と歩む道を。でも、人によって価値観は違うものですし、何を一番大切にするかは、その人次第だと思います」

その言葉が彼の父親を苛立《いらだ》たせたようだった。いきなり大声を出した。

「昇と私とでは、価値観が違うと言うのかっ？」

言い過ぎたかもしれない。と、咄嗟に思ったが、価値観がずれているのに気づかず、話をしていても、まったく平行線のままだろう。

「この四年の間に変わったんじゃないでしょうか」

勘当したのは、父親のほうだ。藤枝の話からすると、四年間、まったく接触がなかったようなのだ。そこまで放り出しておいて、今更、すり寄ってくる意味が判らない。

「四年の間に、君みたいな生意気な若造を気に入って、一緒に住むようになるとは思わなかった」

その言葉には何か含みがあるような気がしてならなかった。しかし、藤枝との関係を、認めるわけには絶対にいかなかった。この頑固《がんこ》で権力を持つ父親には、それがこちらを痛めつける武器となるからだ。

「どうとでも、おっしゃってください。後は昇さん本人と話をするといいと思います」

祐輝は立ち上がり、キッチンのほうへ向かおうとした。

「待て。ここに……」

振り返ると、藤枝の父はアタッシュケースから札束《さつたば》をいくつか出し、テーブルの上に積んでいた。

「一体、なんのおつもりですか？」

祐輝は混乱していたが、それでも侮辱《ぶじょく》されているのは判った。

「君からあいつを説得してくれ」

「そんなこと、しません！」

「まあ、待て。説得に成功すれば、これだけ払う。あいつは一緒に住むくらいだから、君を信用しているはずだ。それなら……」

「信用されているからこそ、できません。それに……彼は僕に説得されるような人じゃ、ありません」

彼の父親はかなり険悪《けんあく》な表情となっていた。別に怒らせたいわけではない。しかし、こんなことに金を出してくるなんて、向こうがこちらを怒らせたいとしか思えなかった。

「……君はどうせ大した会社に勤めているわけじゃないだろう？」

「僕のことは関係ないかと……」

「若いのに、彼女も作らず、子連れの男と一緒に住んでいる。何か変だと思われても仕方がないかもしれないな」

「……どういう意味です？」

痛いところを突かれて、祐輝は警戒した。やはり、自分がしていることは、他の人から見れば、どこかおかしいのだろうか。外では決してそれらしいことはしていないのに。

「君がここを出ていけば、あいつも目を覚ますかもしれない。君はどうやらあいつに悪い影響を与えているようだ」

「そんな……滅茶苦茶《めちゃくちゃ》な……！」

「あいつは、結婚前は私の言うことをよく聞いていた。反抗もしなかったし、いい子で、いつも誇らしかった。それが、女に騙《だま》されて結婚してしまった。女が去ったかと思うと、今度は君だ。あいつが私に反抗するのは、あいつの考えじゃない。君が操《あやつ》っているんだろう？　そうだろう？」

祐輝はぞっとした。藤枝の父親は息子が自分に逆らうのは、他の誰かのせいということになっているのだ。祐輝と藤枝の関係が怪《あや》しく見えるとかではなく、とにかく祐輝のせいにしてしまいたいのだ。

だから、祐輝がいなくなればいいという乱暴な結論になる。

「私はずっと後悔していた。あんな女と結婚する前に、女と話してカタをつけるべきだった。そうすれば、あいつは不幸にならずに済んだ」

藤枝の元妻は確かに財産目当てだったかもしれないが、たとえそうでなかったとしても、息子と結婚したという時点で、この人の頭の中では悪い女だということになっているのだ。

もし、祐輝と藤枝の本当の関係を知ったら、どうなるだろう。この人は絶対に祐輝を許さないだろう。悪いのはすべて、息子を誘惑した祐輝ということになる。事実がそうでなかったとしても。

「そんなに息子さんのことが心配なら、どうして勘当したんですか？　会社から放り出しておいて、今更……」

「あいつは馬鹿だ。あんな女を捨てればよかっただけだ。私はいつでも両手を広げて迎えるつもりだったのに」

「じゃあ、お孫さんは？　可愛いと思われないんですか？」

藤枝の父親は中絶《ちゅうぜつ》するように勧めたのだ。とんでもない話だ。赤の他人の子供ではない。自分の孫となる胎児《たいじ》の命を奪おうとしたのだ。

祐輝は藤枝の結婚を不幸なことだったと思っている。しかし、彼は自分の血を引く子供を見捨てずに、その母親を受け入れた。その結果、祐輝は心が張り裂けそうな苦しみを味わったのだが、それでも彼の決断を誤りだったとは思わない。一度も親に反抗したことがないというのに、そのときだけは怯《ひる》まずに反抗した。それに対して賞賛を送りたいとさえ思う。

「孫のことは……そりゃあ気になる。男の子だしな。後継《あとつ》ぎになる。だから、帰ってきてもらいたい。間違った道を歩まずに済むように」

息子が言うことを聞かなくなったから、孫をコントロールしようというのだろうか。祐輝は呆れてしまった。彼の話を聞けば聞くほど、藤枝が家に帰ろうなどと思わない理由が判りすぎるほど判ってしまった。

藤枝は父親に屈《くっ》することはないだろう。自分の息子を守るためにも。家に戻り、会社に戻れば、自分と息子の人生を支配されてしまうことになる。

「昇さんは別にあなた達と関係を断つわけではなく、普通に付き合いはすると言っていました。それではいけないいんですか？」

藤枝の父は刺すような眼差しを祐輝に向けてきた。

「こんなところに住んでか？　あんなちっぽけな店を大事にして……。私にはやはり君の影響ではないかと思うだけだ。君の庶民的《しょみんてき》な考えが、あいつをダメにしているんだ」

いつまで経っても、話は平行線だ。藤枝の父は自分の意見に固執《こしつ》している。他の考え方があるとは認めようとはしない。

「とにかく、後は昇さんと話し合ってください」

「いや、ダメだ。君は金が欲しくないのか？　君が見たこともないような大金だ。君がここから出ていって、二度と昇と会わないなら、この倍を出したっていい」

テーブルの上に積んである札束は、一千万くらいの厚さになっている。しかし、もちろん、祐輝には興味のないものだった。藤枝と天秤《てんびん》にかけるまでもない。いくら札束を積まれたとしても、藤枝を失う苦しみや悲しみには換《か》えられない。

「仮に僕が出ていったとしても、同じことですよ。それに、僕は……昇さんを裏切ってまで、金が欲しいとは思わない」

「それなら、君はやはり昇と不埒《ふらち》な関係にあるんじゃないのか？　どうか、昇と縁を切ってくれ。君みたいな男が傍にいても、なんの役にも立たない。邪魔になるだけだ」

昨夜、祐輝は同じことを考えていた。自分が身を引いたほうがいいかもしれないとも、思った。しかし、今、そうではないとはっきりと判った。

藤枝はたとえ自分がいなくなったとしても、それでおとなしく家に帰るような男ではないのだ。そんなひ弱な人間ではない。四年前も親の言うことより、自分の義《ぎ》を通した。四年間、苦労したため、彼は前より手ごわい。

もし、自分が去ったとしたら、彼は追いかけてくるだろう。

今、一番幸せだと、彼が言った。その言葉を自分が信用しなくてどうするのだ。自分もまた同じように感じているのに。

祐輝は彼の父に微笑みかけた。

「すべては昇さん次第です。彼が僕と縁を切ると言うなら、それでもいい。けれども、僕から縁を切ることは絶対にありません」

これは二人の関係を肯定していることになるだろうか。はっきりとは言っていないが、否定もしていない。しかし、彼がどう受け取ろうが構わなかった。二人の仲は引き裂けない。少なくとも、祐輝を買収しようとしても無駄だということを伝えた。

「君は……！」

その言葉は玄関ドアが開く音で遮《さえぎ》られた。

「ただいま！」

いつものとおり、翔の元気な声が聞こえた。それを聞いて、彼の父はソファから立ち上がった。孫の顔を見たことがないなら、見たいという気持ちは理解できる。

祐輝はリビングのドアを開けて、玄関へと向かった。

「お帰りなさい、翔君」

藤枝は玄関にある靴に気がつき、眉をひそめていた。

「誰か来ているのか？」

「あなたのお父さんだ。僕に出ていってほしいと金を積まれた」

今度はあからさまに顔をしかめた。リビングのドアから彼の父親が姿を見せている。翔のことが見たくてたまらないのだと、祐輝は思った。

「祐輝……。悪いが、翔を連れて、少し外に出てくれないか」

「でも、お父さんは孫の顔が見たいんじゃ……」

「頼むから、言うとおりにしてくれ。翔に、これで食事させてやって」

藤枝は財布から数枚の千円札を出して、祐輝に握らせようとした。祐輝はやんわりとそれを押しやり、翔の手を取った。スーツを着たままだったから、財布も携帯もポケットに入っている。

「翔君、おにいちゃんとお散歩に行こう」

「お散歩！　行く！」

翔ははしゃいでいる。祐輝は藤枝の父親のことが少しだけ気の毒になった。結婚を反対して、中絶しろとまで言ったかもしれないが、孫のことが気になっている親に顔も見せないなんて、それはやりすぎだと思うからだ。

しかし、翔の父親は昇だ。この件で、祐輝に口を挟む資格はない。

「お父さんは僕達の仲を疑っているみたいだから……」

「判った。後で電話する」

祐輝は翔と手を繋いで外に出て、近くにあるファミレスに向かった。


自分の横に座らせた翔にお子様ランチを食べさせ、コーヒーを飲んでいると、携帯に電話がかかってきた。もちろん藤枝からだ。ファミレスにいることを伝えると、藤枝がやってきた。

祐輝がコーヒーを飲んでいるのを見て、彼は眉をひそめた。

「食事はしていないのか?」

「なんだか食欲がなくて……」

「気持ちは判るが、食べておいたほうがいい。帰って、食事を作る気もないだろう?」

それはそうだ。藤枝も嫌なことを言われたのだろう。かなり疲れているように見えた。

「大丈夫?」

「もちろんだ。君には嫌な思いをさせたね」

「いいんだ。別に……」

ただ、二人の話し合いはどうなったのか。そして、翔と会わせないようにしているのは何故なのか、とても知りたかった。

しかし、それを自分から訊くことはできない。彼の問題に首を突っ込むのはよくないと思うからだ。

二人は料理を注文して、翔の保育園での話に耳を傾けながら食事をした。子供は本当に可愛い。いや、翔は可愛いと言ったほうがいいかもしれない。子供好きではあるが、やはり扱いづらい子供はいるからだ。

それに、翔はもう祐輝の中で単なる『子供』ではなく、藤枝翔という人間になっている。

もし藤枝と別れることになったら、翔とも別れなくてはいけない。それはつらいだろうと思う。祐輝は自分の子供を持つことはないだろう。こんなふうに甲斐甲斐しく子供の世話をするのは、恐らく翔が最後だ。

「ああ、翔君。アイスクリームが垂《た》れてるよ」

祐輝は翔の服についた汚れをおしぼりで拭き取った。

「そういうところを見ると、まるで君が母親みたいだ」

冗談のつもりだったのかもしれないが、祐輝はその言葉に凍りついた。何気《なにげ》なくしている行動が、藤枝と自分の関係を暴露《ばくろ》しているものなのかもしれない。藤枝の父が雇った探偵は、きっとこんなところを見ていたのだろう。母親のように翔の世話を焼く自分の姿を。

「……どうしたんだ？」

「いや……その……なんでもないんだ」

「なんでもないって顔じゃない。気に障《さわ》ったのか？」

彼の表情は真剣そのものだった。祐輝のことを心配してくれている。彼との仲を秘密にしておかなくてはいけないことが、つらかった。とはいえ、大っぴらにできない関係なのは、仕方のないことだ。

自分達だけのためではない。翔のためでもある。ただでさえ、母親がいないのに、父親の恋人が男だなんて、翔が大きくなったらショックだろう。大きくなったら、いずれ判ることだろうが、それまでは波風立たないようにしておきたい。

もっとも、翔が大きくなるまで自分が藤枝と共にいるかどうかは、まだ判らないが。

「後で話すよ。全部」

藤枝は判ったというふうに頷いた。祐輝は翔に向き直り、にっこり笑って話しかけた。

「翔君、アイスクリーム、好き？」

「好き！　大好き！」

翔の素直な返事を聞きながら、自分も藤枝のことを同じように公言できたら、どんなにいいだろうと考えた。


部屋に戻り、藤枝は翔を風呂に入れた。寝かしつける役はこのところ祐輝になっている。祐輝が絵本を読んでいると、翔はたちまち眠りに落ちていった。

リビングに戻ると、藤枝は水割りを飲んでいた。この部屋で彼が酒を飲むのを見るのは、ここへ来て最初の夜以来だった。祐輝は彼の隣に座り、自分の分も水割りを作ると、口をつけた。

「ファミレスで何かあったような顔をしたが、あれはどうしてなんだ？」

早速、彼はあのことを尋ねてきた。

「あなたのお父さんに言われたことを思い出したんだ。探偵が僕達三人をまるで親子みたいだと言ってたって」

「親子？　それは嬉しいな」

藤枝は笑みを浮かべて、水割りを飲んでいる。

「まだ酔っているわけではないよね？」

「酔ってないよ。親子ってことは、君はお母さん役だな。……まさか、君はそんなふうに見られるのが嫌なのか？」

「翔君のお母さん役が嫌だってことはないよ。ただ、他人からそう見られたら……いろいろ差し障りがあるだろう？　翔君はまだ判らないだろうけど、判るようになってきたら可哀想だ」

それを聞いた藤枝の顔から笑みが消えた。そんな顔をさせるつもりではなかったが、自分達のことだけを考えればいいというわけではないから、正直に言うしかなかった。

「そんなことまで考えていなかった。僕は君が傍にいてくれて、翔を可愛がってくれて、とても嬉しいんだ」

「あなたに、そんなふうに思ってもらえることが、僕も嬉しいよ。誇りに思ってもいいくらいだ。でも、翔君のことを考えたら……」

藤枝は祐輝の手を取り、自分の両手で包んだ。はっとして、祐輝は彼の顔を見つめる。

彼はとても温かい眼差しで祐輝を見ていた。

「君が翔のことを本当の子供のように考えてくれて嬉しい。だけど、僕はこそこそしたくない。もちろん、大っぴらにするってことじゃないよ。二人の関係は他人に言うべきことじゃない。でも、翔が大きくなったら、ちゃんと言いたい。僕は祐輝を心から愛しているんだって。二人の関係を恥ずかしいものだとは思わないって」

祐輝は息が止まるような衝撃を受けた。自分が口にしたことは、二人が恥ずかしい関係にあると言ったのも同然だったのだ。

「ご、ごめん……。僕もあなたを愛してる。それを恥ずかしいと思ったことはないよ」

「判ってる。君は翔のためにどうしたらいいのかを考えただけだ。母親みたいだなんて言ったのは、僕が軽率だったかもしれない。でも、僕達は自然でいたい。結婚はしなくても、君は僕の妻だと思っている」

祐輝は言葉を失った。彼がそこまで言ってくれるとは思わなかったのだ。愛していると何度囁かれても、自分はその言葉を軽く考えていたとしか思えない。彼はそこまで真剣だった。

それなのに、いつか彼が自分を遠ざける日が来るんじゃないかとか、裏切られて心を引き裂かれる日がまた来るんじゃないかと恐れていた。そんなことは、彼への冒涜《ぼうとく》だった。彼の言葉は、彼の真摯《しんし》な気持ちそのものだったのに。

祐輝の頬に流れた涙を見て、藤枝は眉をひそめた。

「妻と言われたくなかったかい？」

「違う……。嬉しすぎて……。あなたの気持ちがそんなにまで深いなんて……僕は気づいてなかったんだ。ごめんなさい……」

藤枝は微笑み、祐輝を抱き寄せて頬にキスをした。

「本当は君に指輪をはめたい。籍だって入れたい。君が許してくれるなら、養子にしたいくらいなんだ」

祐輝は震える声で小さく笑った。

「それは遠慮しておくよ。父がさすがにそんなことを許すはずがないし」

「僕の父もね」

藤枝は溜息をついて、祐輝を放した。

「父が失礼なことを言って、すまなかった」

祐輝は頷いた。

「お父さんはすごく頑固な人だね。僕の話をまったく理解しようとしてくれなかった」

「そんな人なんだよ。僕ははっきりと言っておいたから。少しきつかったかもしれないが、あれくらい言わないと判ってくれないいんだ」

それは間違いない。藤枝のことをまだ子供のようにしか思っていない。だから、息子の相手も自分が決めるつもりなのだ。

「本当に諦めたのかな……？」

祐輝にはそんなふうに思えなかった。あれほど自分の価値観が第一だと考えているのだから、なかなか藤枝の価値観を受け入れられないだろう。

「まあ、諦めはしないだろう。だけど、ここには二度と来ないように言っておいた。特に、君には近づかないようにと。これを破ったら、翔とは会わせないと言ったから、大丈夫だと思う」

父親と翔を会わせなかったのは、そういう交渉に使うつもりだったからだろうか。そう思ってみても、なんとなく違和感が残る。それは何故なのだろう。

「翔君もおじいちゃんと会えたら、嬉しいと思う」

「そうかな？　あんな男だよ？　翔に悪い影響を与えそうで嫌なんだ」

祐輝は思わず吹き出した。

「それはお父さんが僕に言ったことと同じだ。僕があなたに悪い影響を与えているんだって」

「まったく……！　父ときたら……」

藤枝は溜息をついた。

「僕達の関係については、きっぱり否定しておいたよ。そうじゃないと、君に嫌な思いをさせると判っていたから」

「そうだね。金を積まれるくらいは大したことじゃないけど、弱みを見せるとよくないと思う。……ちょっと失礼かもしれないけどね」

なんと言っても、藤枝の父親なのだ。やはり、あまり悪くは言えない。

「いいんだ。あんな父の相手をしてくれて、ありがとう」

藤枝はまた祐輝の肩を抱き寄せてきた。今度は頬にキスでは済みそうにない。けれども、祐輝もそれを望んでいた。

彼に心から愛されていると実感した日だからだ。

彼に抱かれたい。愛されながら。

祐輝はそっと彼にもたれかかるようにしながら、幸せを感じた。

翌日は何事もなく過ぎる予定だった。

しかし、家に帰ると、二人が当然帰っている時刻なのに、誰もいなかった。

まさか、自分だけを置き去りにして、二人とも実家に帰ったなんてことはないだろう。

そう思いながらも不安にかられた。

そのとき、祐輝の携帯に電話が入る。藤枝からだった。

「どうしたの?」

思わずそう尋ねていた。何かあったとしか思えない。それが判っているからこそ、尋ねたのだ。

「翔が保育園で事故に遭ったんだ。今、病院にいる」

事故……!

祐輝は一瞬のうちに最悪の事態を想像して、身体を震わせた。

「怪我の具合は?　大丈夫?」

「遊具から落ちて、頭を打った。外傷《がいしょう》は大したことないが、念のため、異常がないかどうか調べている」

頭を打った？　念のためということは、見た目では異常はないということだろうか。それでも、恐ろしくて、脚がガクガク震えてしまっている。

「どこの病院？」

「いや、わざわざ来なくても……」

藤枝はそう言いながらも、病院の名前を教えてくれた。

「すぐ行くから！」

祐輝は電話を切ると、本当にすぐにタクシーを呼んだ。とにかく、一刻も早く駆けつけなくてはならない。心配でたまらない。早く翔の顔を見て、手を握ってあげたい。

そう思っている自分に気づいて、祐輝は苦笑した。

本当の家族でもあるまいし。

自分が駆けつけようが何しようが、翔には別にどうでもいいことに違いない。自分は母親の代わりにはなれない。せいぜい、子守りをする『おにいちゃん』くらいだ。

それでも……。

それでも、僕は翔の顔が見たい。翔の元に行って、元気づけたい。

祐輝はやってきたタクシーに乗り、病院に向かった。

総合病院の待合室で、祐輝は親子の姿を見つけた。翔は顔や手の甲《こう》に絆創膏《ばんそうこう》を貼っていたが、元気そうにしている。

「あ、おにいちゃんだ！」

翔は目ざとく祐輝を見つけて、手を振ってくれた。よかった。藤枝も穏やかな顔をしていて、なんともないようだった。

「翔君、大丈夫？」

「うん。ボク、強い子だもん。少し泣いたけど、もう泣かない」

祐輝は翔の隣に座り、彼をギュッと抱き締めた。わざわざ家族でもない自分が駆けつけるほどでもなかったということだ。それでも、翔の無事を確かめられたのは嬉しい。

藤枝はそんな祐輝と翔の姿を微笑んで見ていた。

「検査の結果、異常はないということだ。後は支払いをするだけなんだ」

祐輝は照れ笑いをした。

「僕が焦《あせ》って来るほどのことはなかったね」

「いや……。翔のことをそんなに大切に思ってくれるなんて嬉しいよ」

彼の笑顔を見れば、本気でそう思っていることが伝わってくる。彼の気持ちを思うと、

祐輝も胸が温かくなってきた。

「翔君、頑張ったんだね。痛かっただろう？」

「痛くないよ！　全然！」

強がりを言う翔の頭を撫でていると、支払いのために名前が呼ばれた。藤枝がそちらに向かうと、彼が座っていた椅子の上にセカンドバッグが残されている。保険証だとか貯金通帳だとか貴重なものを入れているバッグで、祐輝はそれを見たことがあった。

恐らく翔が怪我《けが》をしたと聞いて、慌ててバッグごと掴んで持ってきたに違いない。椅子《いす》に置いたままだというのは無用心だ。祐輝はそれを手に取り、自分の膝の上に置いた。

ふと、その中にあった「母子手帳」と表紙に書かれたものが目に入る。祐輝は興味を惹かれて、思わずそれを引っ張り出した。表紙に藤枝の元妻の名前が書かれていて、ほんの少し胸が痛くなる。

ぱらぱらと母子手帳の中を見ていて、その間に挟まれている紙に気がついた。

血液型検査成績と書かれている。翔の血液型はO型だった。

「翔君の血液型ってO型なんだ？　おにいちゃんと同じだね」

そう言ってから、ある重大なことに思い至《いた》った。

藤枝の血液型はＡＢ型なのだ。彼の元妻がごんな血液型であろうとも、O型の子供が生まれるはずはない！

「オーガタって何？　大きいクワガタ？」

無邪気に問いかける翔の顔を見つめた。彼の顔には、藤枝に似ているところはひとつもない。単純に母親似なのだろうと思っていた。だが、もし彼が藤枝の子供でないとしたら、それも当然のことだ。

まさか……そんな！

藤枝はこのことを知っているのだろうか。

支払いを済ませて戻ってきた藤枝は、祐輝が手にしているものを見て、顔を強張《こわば》らせた。

「ご、ごめん……。勝手に見ちゃって……」

祐輝はもごもごと謝りながら、母子手帳をバッグの中に戻した。それを差し出すと、藤枝は受け取り、保険証をそこに入れた。

「ねえねえ、パパもオーガタなの？　クワガタになるの？」

「いや……。人間はクワガタにはならないよ。翔もね」

「つまんない！　ボク、クワガタになりたーい」

クワガタを連呼する翔を急《せ》きたてて、藤枝と祐輝は駐車場へと向かった。祐輝は翔と手を繋ぎながら歩いていたが、自分達三人は家族のふりをしながら、実はなんの繋がりもないことを知り、ショックを受けていた。

でも、どうして……？

四年前、彼が祐輝に別れを告げたのは、子供ができたためだったはずだ。それなのに、翔は彼の子供ではなかったなんて……。

彼はもちろん翔の血液型を知っているだろう。ごく普通の父子だと思っていたのに、そうではないなんて可能性を、祐輝は今まで考えたこともなかった。

藤枝が父親に翔と会わせたがらないのも判る。

本当の子供ではないから。本当の孫ではないから。

孫だと紹介すれば、それは嘘《うそ》になってしまう。しかも、女に騙されたのだという大きな証拠でもあるのだ。父親には絶対に知られたくないに違いない。

藤枝は口を引き結んでいる。このことで、今、祐輝と話をしたくないということだ。もちろん、祐輝も翔の前で話すことはできないと判っているから、口にはしない。

それでも……。

ああ、何故……。

祐輝はすっかり混乱していた。

夜、翔が眠りについた後、リビングに向かうと、彼はベランダで外を見ていた。祐輝も外に出て、そっと声をかける。

「翔君、寝たよ」

「いつも、ありがとう」

「いいんだ。僕も翔君が大好きだから」

ベランダのフェンスに手をかけて、祐輝は街の明かりを眺《なが》めた。夜は静かだとはいえ、道路を走る車の音がまだ聞こえてくる。

「血液型のこと……気がついたんだろう？」

祐輝はそっと頷いた。

「あなたの子供なら……O型のはずがない」

「そうだ。僕の元妻はそれを知っていながら、僕を騙した。他の男の子供を僕の子供だと偽《いつわ》り、結婚を迫った。僕は……」

祐輝は藤枝の声が震えているのに気がつき、驚いて彼の横顔を見つめた。彼は目元を拭《ぬぐ》っている。

「いつ、それを知ったんだ？」

「離婚する少し前だ。喧嘩《けんか》したとき、彼女が全部ぶちまけた。最初から財産目当てだったと。妊娠に気づいたとき、僕の子ではないことが判っていたが、僕の子ということにすれば、責任を取って結婚してくれるだろうと思ったと。だが、それから先は計算違いだった。小さなカフェのオーナーでは贅沢《ぜいたく》もできない。子供も夫も邪魔でしかなかったんだ」

「そんな……。でも、どうして翔君を……？」

離婚後、自分の子供でもないのに、藤枝は翔の親権を取り、手塩にかけて育てている。騙されていたと判って、人によっては放り出してもおかしくないと思う。

「もう情が移っていたし、戸籍上は僕の実子ということになっている。それに、あの女に任せていたら、翔は死ぬ。我が子にミルクもやらずに遊び歩いていた女だ」

そんな女が母親になること自体、間違いだったのだ。藤枝の横顔を見ると、痛みに耐えているような表情をしていた。

「四年前のこと……僕は後悔した。僕はあの女に騙されたばかりに、しなくてもいい結婚をした。君を冷たく突き放さなくてもよかったはずなのに、君を傷つけてしまった。許してくれとは言えない。悪いのは全部、僕のほうだ」

祐輝は藤枝の腕に自分の手をかけた。そして、彼の目尻に浮かぶ涙にキスをした。

「すべて過ぎたことだよ」

「祐輝……」

「あの子があなたの子供であろうが、なかろうが……もう関係ないと思う。僕だって翔君が好きだ。すごく大事に思っている。あなたもそうだ。もう、それでいいじゃないか」

過去のことをあれこれ考えても始まらない。過ぎた時間は戻せないのだ。過《あやま》ちなんて、誰にでもある。それを悔《く》やむより、先で後悔しない生き方をしたい。

「僕達はすごく遠回りをした。だけど、結局、よかったんじゃないかな。あなたはあのお父さんと離れるべきだった。結婚はそのきっかけになったし、血の繋がりはなくても可愛い子供が得られた。僕も四年前はまだ子供のようだった。だけど、今なら……」

「今なら……？」

藤枝は祐輝の頬を両手で包み、優しくキスをした。

「あなたの傷を受け入れられる。あなたの苦しみや悲しみや後悔や……いろんなものを全部、受け止めてあげられる」

藤枝の瞳のきらめきが揺れているように見える。彼はゆっくりと祐輝の身体を何か大切なものであるかのように抱き締めた。

「ありがとう……。ありがとう、祐輝」

二人の間にわずかに残っていた薄い壁が、すべて取り除かれた瞬間だった。

もう、何も迷わなくていい。不安に思うことも、恐れを抱くこともしなくていい。ただ、彼を信じていれば、それでいいのだ。

愛してる……。

今まで以上に、祐輝はそう感じた。


二人はリビングに戻り、いつものようにソファベッドをベッドにした。

「今日は僕があなたの身体のあちこちにキスをしたいな」

藤枝はにやりと笑う。

「構わないよ。それも面白い。けど、君ほど敏感じゃないから、どうかな」

祐輝が身体にキスされると、すぐに声を出してしまうことを指摘しているのだ。少しムッとしながらも、祐輝は仰向けに寝た彼のパジャマのボタンに手をかけた。

「気持ちよくても、あんまり声を出しちゃダメだからね。翔君が起きちゃう」

「大丈夫。出さないよ」

にやにやしている藤枝が憎らしくて、祐輝はわざと焦《じ》らすように、彼の脇腹に指を這わせた。はっとしたように身体を強張らせる彼を見て、祐輝もにやりと笑う。

彼の身体中にキスしたいのは、別に彼を困らせたいからではなく、愛しくてたまらないからなのだが、彼のそんな反応を見るのは嬉しい。

祐輝はそのまま覆いかぶさり、彼の唇に熱烈なキスをする。この唇も身体も、すべて自分のものだと思うと、喜びが胸に溢れてくる。彼の目は自分だけを見つめてくれているのだ。

舌を絡めて、主導権を握っていたつもりだったが、気がつくと、彼のほうが熱心に舌を絡めている。いつも思うことだが、彼の舌の動きはいやらしい。口の中や舌ではなく、別のところを愛撫されているときのことを思い出してしまうせいかもしれない。

股間のものが熱を持ったようになってきて、祐輝はたまらず自分の硬くなったものを、彼の股間にすり寄せた。すると、藤枝のほうも腰を使ってきて、二人の股間は互いに刺激を受けることになる。

「……ダ、ダメ……」

慌てて顔を上げると、藤枝は少し笑った。

「君が始めたんだよ？」

「でも、ダメ。すごく気持ちよくて……そのままイッてしまうかと思った」

「確かに、それはダメだな。君にはもっと気持ちよくなってもらいたい」

それはもちろん、祐輝もそう思っている。たったこれだけで終わりにしたくなかった。

「あなたにも……ね」

祐輝は彼の首筋にキスをして、唇を這わせた。彼の身体は大げさな反応を示さなかったが、それでも細かな震えを感じる。そんな反応を引き出すことができたのだと思うと、嬉しくなって、祐輝は更に鎖骨《さこつ》に沿《そ》って舌を這《は》わせてみた。

「もっと……違うところがいいな」

「ダメ。順番だよ」

彼だって、似たようなことをして、さんざん焦らしてきた。自分がやって、何が悪いのだろう。たまには、こちらも焦らしてみたかった。

祐輝はTシャツを脱いで、上半身裸になる。そして、再び彼に覆いかぶさると、彼の引き締まった肌が直接触れて、うっとりした。

「困る……。そんなことをされたら……」

藤枝は呻《うめ》くような声でそう言った。

「どうして？　気持ちいいだろう？」

胸と胸を触れ合わせて、祐輝は甘い吐息をついた。

「気持ちいいから……。早く君の中に入りたくなる。……ダメかな？」

「まだダメ」

祐輝はにやにやしながら身体をずらして、彼の乳首に触れてみた。いじっていると、たちまち硬くなる。これは自分だけではなかったと、ほっとした。

「感じる?」

「感じるよ……。だから……」

今度はその乳首を舐めてみる。彼の身体がわずかに痙攣《けいれん》したように震えた。調子に乗って、舐めたりしゃぶったり、極《きわ》めつけは吸ってみたけれども、彼は祐輝が思うようには声を出してくれない。

確かに気持ちよさそうではあるが、彼の自制心を崩しているわけではない。どうにかして、それを崩して、声を抑えられないような状態にしてやりたかった。いつも自分が感じているような気持ちよさを、彼にも味わってほしかったのだ。

藤枝はなかなか降参してくれない。祐輝は彼のズボンと下着を脱がせて、ついでに自分のズボンと下着を脱いで、全裸になる。股間は痛いほど強張《こわば》ってしまっているが、藤枝もまた同じ状況のようだった。

彼のものにそっと顔を近づけようとして、遮《さえぎ》られる。

「僕の上に乗るつもりなら、君のものも同時に濡らしておこう」

「君が反対側を向いてくれればいい。お尻をこちらに向けて」

「同時に……？」

確かにそれなら同時に刺激することは可能だ。しかし、そんなことをされたら、自分のほうが先に降参することになりそうな気もする。

祐輝は迷ったが、彼に愛撫してもらいたい気持ちが湧き上がってきて、彼の言うとおりにする。彼の身体を跨ぎ、お尻を顔のほうに向ける。けっこう恥ずかしい格好だ。それでも、祐輝は彼の股間に顔を伏せて、舌で愛撫を始めた。

最初はじっくり焦らして、それから口に含もう。そう考えていたはずなのに、お尻を引き寄せられて、その狭間に温かい舌が触れると、それだけで一気に力が抜けていきそうな気がした。

いや、今日は僕が主導権を握るんだ！

なんとか気持ちを奮い起こして、根元から舌を這わせていき、先端をぐるりと舐めた。けれども、藤枝の舌がピンポイントに祐輝の敏感なところを舐めている。

「あ……」

気がつけば、自分のほうが声を出してしまっていた。祐輝はなんとか声を出すまいと我慢して、早々に彼のものを口に含んだ。

これをしゃぶっている限りは、声なんて出ないはずだ。そう思ったものの、彼の舌は魔法の舌か何かのように、祐輝の下半身をたちまち蕩けさせていく。どうしても腰が蠢《うごめ》いてしまい、劣勢《れっせい》に立たされているようだった。

もちろん、何か競争しているわけでもなんでもない。だが、祐輝は自分の気持ちとして、彼をより感じさせたくて仕方がなかったのだ。

舌ではなく、指が挿入されたとき、祐輝の身体はがくんと揺れた。

「やっ……やだ……」

彼の硬くなったものを愛撫するどころではなかった。口から離してしまっている。

「嫌じゃないだろう？　ほら、こんなに締めつけて……」

指が内部を探《さぐ》るように動いている。祐輝の腰はそれに合わせたように動いていく。

「ああ……ああっ……」

「あんまり声は出さないで。翔が起きるから」

藤枝はわざと言っているのだ。悔《くや》しいけれども、自分が降参するしかない。これ以上、彼の意のままにされていると、もっと声を出してしまうことになる。

「判った……。判ったから……」

「何が判ったって？　僕だって、もう少しちゃんと愛撫してもらいたいな」

そう言われても、もう無理だった。腰が揺れ、身体が震える。喘《あえ》ぎ声を抑えるだけで精一杯だった。

「降参する……。あなたの上に乗りたい」

自分の負けを認めたところで、祐輝はやっとしっかり腰を押さえていた彼の手から逃れられた。改めて、彼に向き直った体勢で、彼の身体を跨《また》いだ。こんなポーズで自《みず》ら挿入するのは初めてだった。

「……できるかな？」

「できるさ。ほら……」

藤枝は己《おのれ》のものの位置と角度を調整して、祐輝が挿入しやすいようにしてくれた。

「このまま腰を下ろしてごらん」

祐輝は言われるままに、その上に腰をそっと下ろしていく。すると、彼のものが次第に自分の中へと吸い込まれていく。

「あっ……なんか……変な……っ」

変な感じ、というのは失礼だろうか。けれども、こんな挿入の仕方は初めてだったから、新鮮で、それでいて刺激的だった。

すっかり収まってしまうと、祐輝は長く息を吐いた。自分でするのは初めてだったから、

緊張していたのだろう。

藤枝のほうを見ると、彼は面白いものを見るような目つきで、祐輝のほうを見ていた。口元には笑みが浮かんでいる。

「さあ、動いてくれないと、これだけじゃね」

「わ、判ってるよっ」

祐輝はぎこちなく腰を動かした。もちろん初めてだった。彼が気持ちいいかどうか、よく判らなかったが、こんなゆっくりとした動きであっても、祐輝は自分の内部から湧き上がってくる快感に翻弄《ほんろう》されていく。

「はぁ……ぁっ……あん……」

いつしか自分の股間にも触れていた。自慰《じい》行為をするみたいに、彼の目の前でそこを扱《しご》いている。

「君のそんな姿……すごく……いやらしい」

藤枝はそんなふうに表現した。じっと見つめられて、恥ずかしいが、欲求には勝てない。懸命に腰を振りながら自慰行為をしている自分の姿を、藤枝はどんなふうに思っているのだろうか。

彼の目の色は……少なくとも嫌悪《けんお》ではない。目は輝いている。まるで祐輝を賞賛しているかのような目つきだった。

「ああ……たまらないっ」

藤枝は祐輝の腰を支えると、下から突き上げてきた。もう我慢できないという感じで、祐輝は彼を焦らすことに成功したのだと判った。もっとも、自分のぎこちない動きは、焦らしていたわけではなく、ただ下手なだけなのだが。

下から何度も突き上げられ、その度に奥のほうまで彼を呑み込むことになる。祐輝は彼の上で揺られながら、喘ぎ声を洩らした。

「あっ……あっ……ああっ」

いくら声を我慢しようとしても無駄だった。やがて、祐輝は身体を反らしながら、自分の手の中に熱を放った。

同時に、藤枝もぐっと突き上げてきて、そのままの姿勢で身体を強張らせる。内部で彼が弾けるのが判って、祐輝はそっと息を吐いた。

目が合うと、藤枝は薄っすらと笑った。とても気《け》だるげで、ぞくぞくするほど色っぽく見える。彼の上にいるからこそ気づくことだった。

ずっとこうしていたという気持ちを抑え、祐輝は彼の上から退いて、身体を彼の隣に横たえた。心臓がまだドキドキしている。快感の余韻がまだ二人を包み込んでいた。

「……本当に幸せだ」

彼がぽつりと呟いた。

「うん……そうだね」

心からの同意だった。

もう、何もしたくない。今が一番幸せだから、この雰囲気を満喫《まんきつ》していたかった。

「なあ、祐輝。引っ越そうか」

「えっ、どこに？」

「部屋数が多いところに。もちろん今は翔が小さいから、一緒に寝てやらなくてはいけないが、小学校に入る頃には一部屋与えてもいい。僕達も一部屋ずつ持っていれば、不審に思わないだろうし……」

確かにこのリビングで裸になるのはリスクがある。今のところ、翔は夜中に目を覚ましたら、まず泣き出すが、そうではなくていきなりリビングに入ってこられると困る。こんなところを目撃されたら、それこそ裸でレスリングしていたという言い訳しかできないだろう。

いずれ、翔には二人の関係が判るだろうが、今のところは秘密にしておきたい。子供は無邪気にいろんなところで喋《しゃべ》ってしまうからだ。

「僕の給料と合わせれば、もっと広い部屋が借りられる。今まで借りていたアパートは解約するから」

つまり、本格的に一緒に住むということだ。もう、祐輝は二人の関係に不安を抱いていない。逃げ場を確保する必要もなく、これからずっと藤枝と翔の傍《そば》にいるという宣言でもあった。

藤枝の瞳が輝いている。二人の気持ちはもう通じ合っていた。

いつか自分は会社をやめるときが来るかもしれない。もし彼が店を大きくするのなら、その手伝いをしてもいい。もちろん、それはもっと先の話だ。今じゃない。

祐輝はこれから借りる部屋の話の続きを始めた。

「とりあえず、一部屋、僕達共用の書斎《しょさい》にして、そこにソファベッドを置く……」

「いい考えだ。寝るときは川の字で」

翔を挟んで眠るのだ。それがどれほど幸せに思うのか、藤枝に言わなくても判ってもらえると思う。

藤枝は祐輝を抱き寄せると、軽くキスをしてきた。

「僕達三人はみんなお互いに血の繋がりがない。だけど、本当の家族になりたいと思っている」

彼の目は真剣だった。祐輝はそっと頷いた。

ずっと自分だけが、三人の中で家族ではないと思っていた。だが、それは違う。藤枝と翔は血の繋がりがなくても、本当の親子としか思えない。それなら、自分だって、家族の一員になれるはずだ。

本当の家族というのは、血の繋がりだけではない。たとえ血は繋がっていても、祐輝は父親とは折り合いが悪かった。無関心で冷たく振る舞われ、家族には思えなかった。それなのに、腹違いの弟や妹からは、本当の兄のように慕《した》われた。

そして、藤枝の場合も、本当の家族はあの父親ではなく、血の繋がらない息子だった。

僕は藤枝からも翔からも、愛されて必要とされている。

これが家族の証なんだ……！

祐輝の瞳からはまた涙が零《こぼ》れ出している。

「ごめん……。嬉しくて涙が出るんだ」

僕は本当の家族を手に入れた。

親子三人、いびつな形ではあるが、精神的には本当の家族以上の繋がりがある。

「ずっと一緒にいてくれ。君は僕の傍にいて、僕がダメな男になったとき、叱《しか》ってくれ」

「あなたはダメな男なんかにならないよ……」

「なるよ、時々。君に甘えたくて仕方ないときがある」

　祐輝は目を見開いた。彼がそんなふうに思うときがあるとは信じられなかったが、彼の蕩《とろ》けるような眼差しを見ていると、どうでもよくなってくる。

「いいよ……。甘えたって」

「本当かい？」

　藤枝は身体を起こして、祐輝の身体を組み敷いた。股間を見ると、彼のものはもう復活し始めていた。

　彼は祐輝の視線を辿《たど》って、苦笑した。

「仕方ない。君が甘やかしてくれると言うから、つい反応したんだ」

　祐輝は微笑んだ。

　彼が好きだ。どうしようもなく好きだ。四年間、彼と離れていられたのが、今となっては不思議で仕方がない。

　結局のところ、後輩とデートしようと思い立ったのは運命だったのかもしれない。デートしなければ、待ち合わせにあのカフェを使うこともなかった。彼と再会することもなかっただろう。そして、自分が女性に対して、なんの興味もないことに気づかされなかった。

　今、こうして一番愛している相手と抱き合っている。

祐輝はもうなんの不安もなかった。彼のことが信じられる。彼の深い愛情が感じ取れるのだ。

「愛してるよ、祐輝」

何度も囁かれた言葉だが、今は心からそれを受け取れる。

彼とのこれから歩む道を思い浮かべた。いろんな苦難が待ち受けているかもしれない。

それでも、後悔なんてしない。

祐輝は彼の首に両腕を巻きつけた。

「昇……愛してる。ずっとあなたについていきたい」

藤枝の瞳がきらめく。それは幸せの輝きなのだと、今、初めて知った。

「ずっと……永遠に」

彼の唇が近づく。

祐輝は目を閉じ、永遠を約束する彼のキスを待った。

END

家族の肖像

沖宮祐輝《おきみやゆうき》は本当に困っていた。

恋人、藤枝昇《ふじえだのぼる》が息子の翔《しょう》を連れて実家に帰るのに、自分も付き合わされる羽目《はめ》になってしまったからだ。

正直、昇の父親は苦手だ。札束《さつたば》を積んで、彼と別れろと脅されたこともある。もちろん、そんな買収に応じるはずもなかったが、そんなこともあって、昇の父親は絶対に祐輝のことを嫌っているに違いないと思うのだ。

とはいえ、昇は一緒に行こうと言う。二人の関係を明かすことはないが、それでも堂々としていたいというのが、彼の考えだった。

それに……。

翔もその気だった。祐輝も一緒に行くものと、決めてかかっている。翔をがっかりさせたくない。その一心で、ある日曜日、祐輝は昇の車で彼の実家へと向かった。


昇の父親は藤枝酒造《しゅぞう》グループのトップにいる。完全な親族経営の会社で、本来なら、三男である昇自身もどこかの会社の重役になるはずだった。ところが、反対された結婚を強行《きょうこう》したせいで、勘当《かんどう》されたのだ。

結局のところ、離婚したため、父親は昇に接触してきた。勘当は解かれたが、昇は相変わらずカフェ経営をしている。それが父親は気に食《く》わないらしい。しかし、それは自分で蒔《ま》いた種ではないかと思うのだ。それに、勘当を解いたから、自分のところに戻ってこいとは、ずいぶん虫のいい話だ。

ともあれ、昇の父親は翔に会うのを楽しみにしていたようだった。昇はなかなか父親に翔を会わせようとはしなかった。実は血が繋がらないから、あまり会わせたくなかったのだ。しかし、どうしても会いたいと半ば泣き落としのようなことをされて、仕方なく昇は実家に翔を連れていくことにした。

彼の実家は想像以上の大きな家だった。敷地も広く、庭木もきちんと手入れされていて、恐らくプロの庭師が管理しているのだろう。昇は敷地内の空《あ》いたスペースに無造作に車を停めたが、ガレージには何台もの高級車が並んでいる。

祐輝は自分が場違いだという気がして、ここについてきたことを後悔し始めていた。

「すごいねー。おじいちゃんちは大きいねー」

翔はおじいちゃんの家に行くと聞かされて、すっかり興奮していたが、この家の大きさに更に舞い上がっていた。もちろん、子供だから、大きな家がお金持ちの家だとか、そういうことは判っていないだろう。ただ、単純に、大きな家や、格好いい車がいっぱいあるのが、嬉しいだけなのだ。

それに、自分に『おじいちゃん』なる親戚《しんせき》がいたことが、彼にとってはビッグニュースだった。保育園の友達に、何度もおじいちゃんの話を聞かされていて、自分にはおじいちゃんがいないと淋しく思っていたらしい。ところが、自分にもおじいちゃんがいると知って、保育園中に自分で触れ回ったのだ。何しろ、園長まで知っていたくらいだ。

翔はおじいちゃんに過大な期待を抱いていた。彼の描《えが》いたおじいちゃんの絵は、完全にサンタクロースだった。白髪《はくはつ》に白い豊かなひげをたくわえている。しかも、赤い服を着ている。白髪はともかくとして、白髭《ひげ》や赤い服が間違いだとは、昇も祐輝もとても指摘できなかった。

そんなわけで、翔は完全にハイな状態となっている。

「ねえっ、車！　車、見にいっていい？」

ガレージに駆け出そうとする翔を、昇は捕まえた。

「ダメだよ、翔。おじいちゃんに会いにいくんだろう？」

「あ……そうか！　おじいちゃん、会いたい」

昇は翔の手をしっかりと握った。その様子から、彼はとても緊張しているように見える。勘当された家に戻るのだから、当たり前かもしれない。そして、実は血の繋がらない翔を、あたかも本当の息子のように紹介するからだ。

玄関のドアフォンを鳴らすと、すぐにドアが開いた。中には家政婦らしき初老の女性がいた。昇の母はすでに他界しているから、母親でないことは確かだった。

「やあ、牧田《まきた》さん。久しぶりだね」

昇がそう声をかけると、彼女は本当に嬉しそうに笑い、人のよさそうな笑顔を翔や祐輝にも振りまいた。

「お帰りなさいませ、昇さん。旦那様がお待ちかねです。どうぞ」

彼女に案内されて中へと向かうと、大きな広間のようなところに入った。まさか、ここが普通の家のリビングに相当する場所だろうか。十数人も呼んでパーティーが開けるくらい広くて、ソファがいくつか置いてある。隅《すみ》にグランドピアノも置いてあり、ホームバーもあった。

とにかく、庶民《しょみん》の祐輝としては、ただひたすらに度肝《どぎも》を抜かれる光景だった。

そこのソファに座っていたのは、昇の父親と、三十代くらいの男二人だった。恐らく昇の兄だ。長男の暁《あきら》は結婚しているが、まだ子供はおらず、次男の繁《しげる》は未婚だという。暁は厳《いか》めしい顔つきの父親に似ていて、繁はどちらかというと遊んでいるような雰囲気があった。

「その子が、おまえの子か」

晩が突き放したような言い方をすると、翔は怖がって、昇の後ろに隠れようとする。

「馬鹿。怖がらせるな」

昇の父は精一杯の笑顔を作って、翔に声をかけた。

「翔君、おじいちゃんだよ」

意外なほどの猫撫で声だ。祐輝も彼と話したことがあるから知っているが、こんな声を出すような男ではなかった。しかし、驚いていたのは、祐輝だけではなかった。その場にいた兄弟三人が、とても信じられないとでもいった表情で父親を凝視《ぎょうし》している。

この父親は支配的な男だった。息子の人生を自分が動かせると信じているような男だ。それが、孫にはこんなに甘いとは、誰も思わなかったに違いない。

考えてみれば、翔は彼にとって初孫だ。顔を合わせる前から、すでにメロメロだったようだし、猫撫で声くらいは当たり前かもしれない。

「……おじいちゃん？」

翔は恐る恐る昇の後ろから顔をちょこんと出して、声の主《ぬし》を見た。翔の顔に過《よ》ぎったのは、落胆《らくたん》だった。サンタクロースとは似ても似つかない。思い描いていた優しい老人の姿は、そこにはなかった。いや、本人は精一杯、優しい笑顔を見せているつもりらしいが、元々の顔が怖いから、偏屈《へんくつ》な怖い老人にしか見えない。

「ウソ。おじいちゃんじゃない……っ」

「そんなことないさ。おじいちゃんだよ」

「おじいちゃんなら、白いおひげがあるはずだもん」

昇の父は困惑していた。そして、昇に目を移した。

「おじいちゃんには白い髭があると、おまえは教えたのか？」

「いや……。サンタクロースと混同しているんだ。保育園の友達が、おじいちゃんから誕生日のプレゼントをもらったとか、そんな話ばかり聞いていたから」

なるほどという顔で、父親は頷いた。そして、身体を屈《かが》めて、翔に手を差し出して話しかける。

「プレゼントならあるよ。翔君はミニカーが好きかな？」

翔は目を丸くして、おずおずと昇の後ろから出てきて、自分の祖父の顔をじっと見つめた。悪い人ではないかと警戒しているが、それでもミニカーの魅力には勝てないのだ。

「ミニカー、くれるの？」

「おじいちゃんと手を繋いでくれたらね」

翔は昇の顔を見上げた。昇は優しい笑顔で頷く。それを見て、やっと警戒を解いて、祖父の手を取った。

「あのね、お外に車がいっぱいあったの」

「ああ、いっぱいあったね。格好いいだろう？」

「うん！」

昇の父はたちまち翔の気持ちを射止めていた。手を引いて、ソファに座ると、翔を膝の上に載せてしまう。

「翔君は何を飲む？　オレンジジュース？」

「オデンジジュース！」

オレンジという発音が難しくて、翔はいつもオデンジと言うのだ。それを聞いて、昇の兄達も一緒になって笑った。

「このおじさんはだーれ？」

その質問には昇が答えた。

「二人とも、パパのお兄さんだよ。翔にとっては伯父《おじ》さんだな」

翔は妙な顔をした。おにいさんがおじさんになるとは、彼にとっては妙な話だろう。理解できずに、懸命に首をかしげていた。

牧田と呼ばれた家政婦がやってきて、お茶とオレンジジュースを持ってきた。翔のためにケーキまで用意してある。

「まあまあ、立ってないで、お座りなさいませ」

牧田は昇と祐輝に声をかけて、ソファに誘導した。半円の形に並べられた大きなソファに、大人五人と子供が一人、座ることになる。

「牧田さん、私の書斎《しょさい》の机の上に置いてある箱を持ってきてくれないか？」

テーブルにお茶を置いた彼女はにっこり笑って、昇の父に頷いた。

「承知しました」

昇の父は翔に甘い言葉で囁いた。

「さあ、翔君、ケーキを食べようか」

翔は昇のほうを見た。

「パパ、ケーキ食べていい？」

翔にとっては、父親は絶対の存在だ。おじいちゃんという目新しい存在のことは気になるが、基本的にパパがダメだということはしない。

「いいよ。でも、手を洗わないとダメだ」

翔は慌てて祖父の膝から飛び降りた。

「手、洗う！　どこ？　どこに行けばいいの？」

昇は翔を洗面所へと連れていった。二人がいなくなると、昇の父の視線は祐輝に向けられた。もちろん好意的な視線ではない。

「君をここに連れてくるとあいつが言ったとき驚いたが、まさか本当に来るとはな」

「お邪魔かと思いましたが、彼がどうしてもと言い張るので……」

「まったく、あいつの気持ちが判らん。どうして君のことをそんなに気に入っているんだ？　本当にただの友人なのか？」

疑惑の眼差しを向けられて、祐輝は薄《う》っすらと笑った。

「はい。でも、一緒に暮らしているうちに、家族みたいに情が移ってくるんですよ」

暁が居丈高《いたけだか》な口調で話に割り込んできた。

「家族だと？　冗談じゃない。家族は私達だ」

彼は本当に父親にそっくりだ。兄二人のことは、昇はあまり口にしない。彼が言うには、あまり兄弟らしい交流もなかったという。暁は責任感が強くて、父親の後を継ぐために頑張っている。そして、繁は長男と正反対で、遊ぶことに命を懸けているようなところがあるらしい。

とはいえ、昇が知っているのも、四年前の彼らのことだ。あれから二人とも、変わっているかもしれない。

この三人兄弟の中で、父親は末っ子の昇がお気に入りだったという。暁は父親そっくりになっているのに、どうして気に入られなかったのだろうか。不思議でならない。

同族嫌悪《けんお》みたいなものだろうか。父親は確か昇のことを素直だったと表現していた。

ふと、翔のことを思い出した。彼はまさしく素直さを持っている。ひょっとして、昇の父は、翔を手懐《てなづ》けたいという気持ちがあるんじゃないかと思った。

やがて、昇と翔が戻ってきた。ちょうどそのとき、家政婦が小さな箱を手にしてやってきた。箱には青いリボンがつけられている。昇の父はそれを受け取り、翔に差し出した。

「翔君、今まで会えなくてごめんね。三歳の誕生日プレゼントだよ」

翔が誕生日だったのは、もう半年も前のことだ。それでも、翔は大喜びで箱を手にした。

「おじいちゃん、ありがとう！」

昇の父はにこにこして、翔を膝の上に載せた。

「ケーキを食べてから、中を開けようか」

「うん！」

翔は素直に返事をすると、昇の父に皿を持ってもらって、ケーキを食べた。翔がここまで人に甘えることはめずらしい。保育園に通っているためか、基本的に食べたり飲んだりは一人でできる。やはり、これは『おじいちゃん』効果なのだろうか。

ケーキを食べ終わると、早速、翔はリボンを解き、中のミニカーを取り出した。一台ではなく、五台も入っている。翔は目を丸くしていた。

「いっぱい！」

「どれも格好いい車だったから、ひとつに選べなかったんだよ」

翔は箱を大事そうに抱えて、興奮していた。

「おじいちゃん、大好き！」

昇の父は立ち上がり、廊下のほうを指差した。

「向こうで、ミニカーを走らせて遊ぼうか」

「遊ぶ！」

翔はすぐに駆けだそうとしたが、振り返って昇のほうを見た。

「パパ、遊んでいい？」

「いいよ。でも、おしっこ行きたいときは、ちゃんと言うんだよ」

「うん！」

二人がドアの向こうに消えると、昇の兄達と残されることになる。暁は咳払いをして、昇に話しかけてきた。

「まさか父さんが孫にあんなに甘いとはな。あれじゃ、どこにでもいる、ただのじいさんじゃないか」

暁にとって、父親はただのじいさんではないのだろう。それこそ、父そっくりになっているから、かなり尊敬しているに違いない。

「翔は素直で可愛いからな」

昇は無難な受け答えをした。翔を孫と言えないつらさが、そこにある。けれども、戸籍《こせき》上、翔の父親は昇だ。もちろん育ての親でもある。生物学上、違うというだけだ。

「それで……昇。おまえはいつまであの店に関わっている気なんだ？」

昇の父が翔を連れて、外に出た理由が判った。昇の父は彼を説得したいが、自分ではダメなので、兄二人に任せようとしたのだ。

昇は溜息をついた。

「僕は現状に満足している。店を大きくしたり、二号店を出す夢はあるけど、会社に戻る気はないんだ。兄さん達に任せるから」

繁が横から口を挟んだ。

「俺は適当にやってるから。会社は兄貴に任せてりゃいいさ。どうせ、兄貴が全部仕切りたいんだろ？」

晩は眉《まゆ》をひそめて、ぞっとするような目つきで繁を睨《にら》んだ。

「私はそんなことを言った覚えはない。少なくとも、手柄を独り占《じ》めにするようなことは」

「手柄ねえ。いつまでも、父さんの言いなりになったっていいことないぜ。父さんのお気に入りは、今でも昇だし、今度は昇の息子も現れた。ライバルは消えないわけだ」

祐輝はそれを聞いて驚いた。暁のライバルが三歳の甥《おい》っ子だなんて、あり得《え》ないだろう。だが、暁は苦虫を噛《か》み潰《つぶ》したような顔をしていた。

確か、暁はグループ会社のひとつを任されていると聞いた。つまり社長だ。父親の後継者と目《もく》されているはずなのに、三歳の甥に嫉妬《しっと》することはないだろうと思うのだが。

「私は誰よりも父の言いつけを守ってきた。反発もせずに、理不尽な要求にも耐えてきた。あの嫌な女とも黙って結婚した……」

そう言いながら、暁の目は射るような視線を昇に向けた。

「おまえが結婚するはずだった、あの高飛車女《たかびしゃおんな》だよ」

昇ははっとして、目を見開いた。

「……僕は元々、彼女と結婚しないと言っていたはずだ。結婚相手は自分で決めると」

昇には、婚約者と言えなくても、以前から結婚しろと親から勧《すす》められていた相手がいたのだ。きっと、どこかのお嬢様なのだろう。

「おまえは勝手にろくでもない女との間に子供を作って、さっさと結婚した。私はその尻拭《ぬぐ》いをしてやったんだ。一度くらい、私の言うことを聞いてもらおう。カフェを閉店させたくなければ、誰かに任せて、おまえは本社に戻るんだ。それから……」

次に、暁は蔑《さげす》むような目を祐輝に向けてきた。

「その同居人とは縁《えん》を切るんだな。おまえの人生に一番必要ないものだ」

祐輝は憎しみにも似た目つきで見られて、息が止まる思いがした。昇の父でも、ここまでは言わなかった。

「僕の人生に何が必要か、何が必要でないかは、僕が決める。兄さんは自分の意志で結婚したんだ。僕はあのまま会社にいたとしても、絶対に彼女とは結婚しないつもりだった」

「誰かがしなけりゃいけなかったんだよ。繁は逃げ回っていたから、おまえでなければ、私ということになっていた」

繁はそれを聞いて、肩をすくめた。

「嫌なら拒否すりゃいい。今からだって、離婚すればいいのさ。どうせ、あの女とじゃ、子供もできない。そうだろう？　誰だって、人を見下したような女とベッドに入ろうって気にならないさ。兄貴、よくあんな女と結婚したな？」

昇の結婚した女も最低女だったが、どうやらそれ以下の女がいたようだった。財産目当てでないだけマシかもしれないが、ベッドも共にできないような冷たい女では、確かに子供ができることもないだろう。

「おまえは黙っていろ。だいたい、おまえは何しに来たんだ？　昇を説得するためじゃないのか？」

「まさか。俺は父さんが心待ちにしてる甥っ子の顔を見たかっただけだ。それに、昇の同居人をさ……」

繁に意味ありげに見つめられて、祐輝はどういう顔をしていいか判らなかった。彼らは昇の父同様、やはり祐輝と昇がそういう関係ではないかと考えているらしい。しかし、もちろん本当のことを言うわけにもいかない。

この関係は秘密だ。きっと、なかなか理解されないだろう。それが判っているだけに、うかつに人に洩《も》らせなかった。

「俺は昇の生き方について、どうこう言えるような生活はしてないからな。だが、俺は末っ子が大人になって、自分の生き方を貫《つらぬ》こうとしていることが嬉しいよ。羨《うらや》ましく思うし、素直にすげえと思う。兄貴だって、そう思う部分があるんじゃないのか？」

暁はそれを聞いて、苛立《いらだ》たしげに首を横に振った。

「あり得ない。私は羨ましくなんかない」

「羨ましいだろう？　認めちまえよ。もう父さんの言いなりになるのは、懲《こ》り懲《ご》りだって。兄貴だって、命がけで愛した人がいた。父さんのために『彼』を捨てる意味はあったのか？　兄貴は後悔してないのか？　兄貴の幸せって、なんなんだ？」

さらりと『彼』という単語が出てきたが、それで暁が祐輝にあんな視線を向けてきた理由が、やっと判った。彼は自分が失ったものを、弟がちゃっかり手に入れているのが悔《くや》しいのだ。

暁は父親の言いなりになって結婚するために、恋人を捨てた。まったく違う動機からだったが、昇にはその気持ちが判るのだろう。同情的な視線を暁に向けた。

暁は蒼白《そうはく》になりながら、唇を震わせている。

「おまえは……口を出すな。いつも、やりたいようにやって、ちゃらんぽらんに生きているくせに」

「そうだ。俺はそういう男だ。だが、そのために、父さんにはまったく無視されてきた。ただ、その代わりに自由を得られた。どっちを選ぶかだ。両方は得られない。兄貴は立派かもしれない。義務と責任を負《お》って、がんじがらめの中で生きている。愛した人も捨てて、あんな女を選んだ。立派すぎる。聖人《せいじん》だな。自分の幸せより、義務を選んだんだから」

「やめろっ……！」

暁は頭を抱《かか》え込んだ。とてもつらいに違いない。自分の選択が誰かを不幸にすることが

ある。父親を満足させることができたかもしれないが、愛する人を悲しませた。それを指

摘されるのは、何より罪悪感を募《つの》らせることになるだろう。

昇は暁を見つめて、静かに口を開いた。

「兄さん達が思うように、祐輝は僕の恋人だ……」

いきなりカミングアウトをされて、祐輝は驚いた。だが、暁は身動きもしなかったし、

繁も何も言わなかった。結局、彼らには判っていたということなのだろう。

「四年前、付き合っていた。だけど、前の恋人に妊娠したと言われて、結婚することにし

た。そのときに、僕は祐輝をひどい言葉で振って、傷つけた。そうするしかなかったんだ。

翔のために結婚したことは、後悔してないが、それでもあれからずっと僕は不幸だった。

生活することや翔を育てることに、無我夢中だったけど、それは幸せとは違う。でも……」

言葉を一旦《いったん》切って、昇は祐輝のほうに視線を向けた。そして、蕩《とろ》けるような優しい笑み

を見せて、祐輝をドキドキさせた。

「偶然に祐輝と再会した。祐輝をこの手に取り戻すことができるどうか判らなかったが、

誠心誠意、心を伝えたよ。そして、今がある」

昇は、やっと顔を上げた暁と視線を合わせる。昇の視線は、揺るぎない自信が感じられるものだった。

「兄さん……。僕は今、とても幸せなんだ……。他の何もいらない。祐輝と翔の三人で暮らすことだけが幸せなんだ。僕からその幸せを奪わないでくれ」

あまりに率直すぎる昇の言葉に、祐輝は胸がいっぱいになった。暁は眉をひそめて、何か考えているようだったが、不意に祐輝のほうを見た。

「君が昇を幸せにしたのか……」

「違います。誰かが誰かを幸せにするなんて、傲慢《ごうまん》な考え方だと思います。僕達は一緒にいることで、幸せになったんです。翔君と三人でいることで……」

自分達は家族だと、今は胸を張りたかった。大っぴらに言うことはできないが、せめて真実を知る人達の前では。

「……悪かった。昇、私は確かにおまえに嫉妬していたのかもしれない。おまえが自由を満喫《まんきつ》している間、私が犠牲《ぎせい》になったのだと……そう思っていたから」

そうではなかった。そんな単純な問題ではなかったのだ。昇は女に騙《だま》されたせいで、ひどい目に遭い、ずっと幸せなんかではなかったのだから。

「だが、父さんはおまえを諦める気はないようだぞ。孫可愛さに目が眩《くら》んでいる。なんとか頻繁《ひんぱん》に会えないか、画策《かくさく》してくるだろう」

「それでも、僕はもう会社に戻る気はないんだ。父さんに逆らったからといって、放り出されるような目にはもう遭いたくない。誰だって、それは怖いだろう？　自分の生活の手段をあっさり取り上げられてしまうんだから」

「そうだな……。じゃあ、父さんが引退すれば、いいってことかな」

昇は戸惑うような目をして、暁を見た。

「父さんは引退なんかしないだろう？　仕事命じゃないか」

「だけど、今日の父さんを見て、思ったんだ。孫を可愛がる普通のじいさんじゃないかって。私は何もかも父さんの言うとおりにしてきて、今まで何を得てきたんだろう。幸せを犠牲にして、父さんにすべてを捧げても、何もいいことはなかった。三歳児にすら負けてしまう。それなら、いっそ……」

父親を引退させようというのだろうか。彼の当初の目的から大きく外《はず》れているが、それでいいのだろうか。とはいえ、彼も幸せを追い求めてもいいはずだ。支配的な父親がいるために、彼の人生は大きく狂わされているのだから。

だらしなくソファに座っていた繁が、改めて座り直した。

「兄貴がそのつもりなら、俺だって協力するぜ。父さんを引退させなくても、権力を持たせないようにすればいいんだ。……で、昇はどうするんだ？」

昇は祐輝のほうを見た。祐輝は彼の目を見て頷いた。

すべて、彼の思うとおりにすればいい。どんな結果になっても、祐輝は全力でサポートするつもりだ。それが家族だからだ。

昇は頷き返して、それから二人の兄達のほうへ向いた。

「飲食店を経営するのは夢だった。だが、何も今でなくてもいい。今だって、翔のために半分は人に任せているようなものだ」

彼が会社に復帰する……。

そう考えると、少しわくわくしてくる。以前の昇を知っているからだ。今の穏やかな昇ももちろん好きだが、以前の自信たっぷりの言動をする彼も好きだった。どちらにしても、彼は彼だ。祐輝はまた新たな彼に恋をするかもしれなかった。

とはいえ、彼らの父親は一筋縄《ひとすじなわ》ではいかない。みすみす権力の座から追われるようなことはしないだろう。

暁はゆっくりと昇と繋の顔を見比べながら言った。

「もちろん時間がかかるかもしれない。今すぐできないかもしれないが、それを目指してやっていこう。私も昇が戻ってきてくれると心強い。親族経営といっても、結局は父さんのワンマンだからな。それに対抗するとなると、私一人では荷《に》が重い」

三人兄弟の父は、昇の説得をしてもらおうと、兄二人を呼んだのだろうが、とんでもない方向に話がまとまろうとしていた。

そのとき、けたたましい泣き声が聞こえた。祐輝は反射的に立ち上がり、廊下に向かった。

廊下では、翔が座り込んで泣いていた。昇の父が懸命に宥《なだ》めようとしていたが、翔は祐輝を見つけて、こちらに手を延ばしてきた。

「おにーちゃん！　おにーちゃーん！」

祐輝は何も考えずに翔の元へ駆け寄り、廊下に膝をつくと、彼を抱き上げた。翔はしゃくり上げながら、祐輝の胸に顔を埋める。祐輝は落ち着くようにと、翔の背中を優しく撫でた。

「どうしたの？」

「あのね……転んだの……っ」

翔はしゃくり上げながらも答えた。祐輝はほっとして、昇の父のほうに顔を向けた。彼は当惑したように祐輝にしがみついている翔を見つめていた。

「何があったんですか？」

「滑《すべ》って転んだんだ。頭は打ってない。膝を打ったようだったが」

祐輝は翔の膝を確かめた。赤くなっているが、擦《す》りむいているわけではなかった。祐輝はそこを優しくさすった。

「大丈夫だよ。ほら、もう痛くないよ」

「うん……痛くない」

翔はやっと落ち着いたようなので、ジャケットのポケットからハンカチを出して、涙と鼻水を拭いてあげた。

「いいお顔になったよ。ちょっとビックリしたんだね」

「うん。ボク、ビックリしたの」

「翔君、おじいちゃんに、ごめんなさいってしないと。おじいちゃん、翔君が急に泣き出したからビックリしてるよ」

翔はくるりと振り向いて、昇の父の顔を見た。

「おじいちゃん、ゴメンナサイ。ボク……痛かったの」

昇の父は目を細めて笑い、翔の頭を撫でた。

「翔君はおじいちゃんより、お兄ちゃんがいいのかい？」

「うん！」

無邪気な子供ならではの返事だった。

「ユウキおにいちゃん、だぁーい好き！」

翔は祐輝にべったりくっついて、顔をまた胸に伏《ふ》せた。可愛くてたまらないが、昇の父にしてみれば、これほど侮辱的なことはないだろう。祐輝はそっと彼の顔を窺ったが、別段、怒っているふうではなく、何か考え深げな表情をしていた。

「そんなに懐かれているということは、君は相当この子の面倒を見ているんだな。躾《しつけ》もしっかりしているようだし」

「躾は昇さんと、前にいた家政婦さんがちゃんとしていたから……。別に僕は当たり前のことをしているだけです」

「しかし、他人なのに……。家族でもないのに……」

「ちがうよ！」

翔が二人の会話に突然、甲高い声で割り込んできた。

「ボクとパパとおにいちゃんと……家族だよ。ねぇー、パパァ？」

翔の視線の先を辿《たど》って振り向くと、リビングのドアのところに、昇と二人の兄が立って、こちらを見ている。昇は微笑《ほほえ》みながら頷いた。

「そうだよ、翔。僕達は家族だ」

昇はこちらへやってくると、翔に両手を差し出した。すると、翔は祐輝の膝から下りて、昇の腕に抱き上げられる。祐輝も立ち上がり、昇の傍に近づいた。

昇は祐輝の顔を見て、にっこり笑い、それから父親のほうを向いた。

「父さん、僕達はもうお暇《いとま》します」

「えっ、もう帰るつもりか？　せっかく会えたのに」

「翔は興奮しすぎているから、このままだと、今夜、眠れなくなってしまうんです」

昇の父はがっかりしたような顔をしたが、それでも散らばったミニカーを箱に入れて、翔に手渡した。

「翔君、また来てくれるかな？」

「いいよ！　また遊ぼうね」

翔はすっかり機嫌を直しているようだった。

「父さんが僕達三人を家族と認めてくれるなら、うちに遊びにきてもいいですよ」

「認める」

昇が目を丸くするくらいの即答だった。後ろで繋が驚きの口笛を鳴らしたくらいだ。とはいえ、さすがの父親も照れたような表情をした。

「その……彼は翔のことを大事にしてくれているからな。認めないわけにはいかない。

何故か最後の部分の問いかけは祐輝に向けられた。祐輝は微笑みながら答えた。

「はい。翔君はとても大事です。家族ですから」

昇の父は二人の兄達のほうを向いた。

「ところで、おまえ達、例の話はしたのか？」

昇を会社に戻すようにという話だ。まさか、指示した本人を排除する方向で話がまとまったとは、誰も口にはできないだろう。

暁はもったいぶった態度で答えた。

「ああ……まだ交渉中です。この件は私に任せてもらえませんか？」

「判った。おまえに任せる」

昇はくすっと笑った。

「父さんの思うとおりにはいかないこともあるんですよ」

「そんなことは判ってる。四年前のことがいい例だ。それでも、うちは親族経営の会社だ。私だって、いつまでも元気でいるわけじゃない。だから、おまえにも経営に関わってほしいんだ」

祐輝は彼の言葉を聞きながら、彼が説得しきれない第一の理由に気づいた。そもそも、

……そうだろう？」

昇は彼の支配を嫌ったということがある。そして、生活の手段を簡単に奪われたこと。それから、翔を堕《お》ろせと言われたことだ。彼が本心から反省して、謝罪しない限り、二人の確執《かくしつ》は終わりそうになかった。

かといって、彼ら兄弟が画策していることについて、祐輝としては賛成ではなかった。それはあまりにも強引な手に思えたからだ。もちろん、それくらいしないと、父親に言うことを聞かせられないのだろうが。

しかし、そのことは祐輝が口を出すことではなかった。いくら家族でも、入ってはならない領域がある。仕事のことは、昇が好きなようにすればいい。どうやら、会社に未練《みれん》がないわけでもなさそうだった。

当時の彼は二十四歳。今の祐輝と同い年で、まだ充分に仕事をしたとは言えない時期だ。それなら、もっと勤《つと》めてみたい気持ちもあるだろう。それこそ、カフェ経営は老後の楽しみだっていい。

その間に、翔も成長していく。

そして、祐輝自身も、やりたいことが見つかって、今とは違う道を歩くこともあるかもしれない。だが、それが昇の傍であることは確かだ。二人が別れることは、二人の計画には絶対にない。

ともあれ、昇の父が祐輝を含めた三人のことを家族と認めてくれた。昇の兄達も認めてくれたように思う。少なくとも、もう敵意は感じられなかった。

それから、翔は『おじいちゃん』と対面した。今日の昇の実家訪問の収穫《しゅうかく》は、まずまずだと思う。祐輝は自分が行くことで波風が立つんじゃないかと心配していたが、意外なほど、いい結果となっているようだった。

「とりあえず……いつでも遊びにくるといい。翔を連れて」

昇の父はもったいぶった態度で言ったが、目的は孫なのだ。翔が本当の孫でないことを彼が知ったら、どういう反応をするだろう。きっぱり切り捨てるのだろうか。

いや、子供には不思議な魅力がある。一度、可愛がったら、血の繋がりなど越えてしまう。昇の父もそうだろう。本当の孫ではないと知っても、今更、愛情がなくなるとは思えない。それどころか、いろんな理屈をつけて、可愛がろうとするだろう。

結局のところ、昇の父も非人間的だというわけではなかったようだ。孫の前では、ただのおじいちゃんとなる。

なんだか、いずれは何もかも上手くいくような気がしてきた。最初から諦めてはいけないのだ。翔が昇と昇の父との間を繋いでくれる。ひょっとしたら、もっと凄いことを無意識のうちに、成《な》し遂《と》げてしまうかもしれない。

「パパ～、もうおうち帰る」

翔の甘えた声が祐輝を現実に引き戻した。

「じゃあ、おじいちゃんにさよならを言いなさい」

翔は昇の父親を見て、にこっと可愛らしく笑った。

「おじいちゃん、バイバイ」

翔が振った小さな手を握り、昇の父は囁《ささや》いた。

「また会えるかな？」

「うん、会えるよ」

昇の父は蕩《とろ》けそうな顔をしている。よほど翔のことが可愛くて仕方がないらしい。

昇と祐輝も挨拶をして、やがて三人は車に乗った。


翔はたちまちチャイルドシートで眠りについた。その寝顔を見ながら、祐輝は後部座席から昇に話しかけた。

「子供は偉大《いだい》だね。どんな偏屈《へんくつ》な大人も笑顔にしてしまう」

「そうだな……。正直、父さんが君をあんなにあっさり受け入れるとは思っていなかった。

兄さん達のことも意外で……。僕は今まで父や兄を避けていたが、それは間違いだったような気がしてきた」

話してみないと、判らないこともある。一人だけで考え込んで、間違った結論を出してしまうときもあるのだ。

「これから先……どうなるか判らない。だけど、後悔しないように生きていきたい。僕は間違った道を一度選んでいる。次は……正しい道を選びたい」

「そうかな。正しい道なんて、どうでもいいよ。あなたは好きなようにすればいい。どっちみち、人間には先のことなんて見通せない。だとしたら、思いっきり、やってみるのもいいんじゃないかな」

どれが正しい道なのかは、ずいぶん後になって判るものではないかと思う。白か、黒か、結果が出るまで、じっと眺《なが》めているわけにはいかない。そんなことをするには、人生は短すぎる。

もちろん、ギャンブラーになれと、そそのかしているわけではないが。

「お兄さんに言ったように、僕はあなたを幸せにできるなんて考えてないし、あなたに幸せにしてほしいとも思わない。翔と三人で幸せになりたい。そのためには、何かを我慢しなくてはならないこともあるだろうけど、逆に、決して我慢してはならないこともあると思うんだ」

「僕は……会社でやり残したことがあったように思う……」

「判ってる」

そう言ってみて、もう一度、言い直した。

「いや、判るような気がする。仕事のことは、あなた次第だよ。僕は僕で、自分の仕事をする。それから、二人で仲良く翔を育てるんだ」

二人の先には未来が広がっている。そして、その二人の間に、翔がいる。

西日が差し込む車の中で、ハンドルを握る昇の姿に、何か新しい希望が見えたような気がした。

それは、幻《まぼろし》の虹のようにきらめいていて……。

祐輝は目を細め、手を翳《かざ》す。

そして、愛らしい翔の寝顔に視線を戻し、ゆっくりと微笑んだ。

END

あとがき

こんにちは。水島忍《みずしましのぶ》です。

「パパと呼ばれた恋人」、いかがでしたでしょうか。いつも私が書いているような話とは少し違っていますが、楽しんでいただけると嬉しいです。

今回のお話にはお題がありまして。皆さんお気づきでしょうが、それは『子供』です。私の作品には、ほぼ子供が出てこないです。主人公の弟とか、前に書いたような気もしますが、せいぜい小学生くらいで、幼児は初めて書いたと思います。

いや〜、なんか新鮮でした！　いつもと違う設定だから、いつもと違う展開だし、いつもと違う結末と言ってもいいでしょう。もちろんハッピーエンドですけど、受君がほぼ妻状態で、母親代わりになるのは初めて書いたので。

幼児を書くのは、意外と面白かったです。ニャンダマンという謎のアニメがお気に入りで、車とアイスクリームが好きで、将来はクワガタになりたい（？）三歳児。大きくなって、いつかパパと祐輝《ゆうき》の関係に気づくときがくるんでしょうが、ちゃんと受け入れてあげてほしいですよね。

昇《のぼる》さんですが、優しいけど、エッチのときはちょっと意地悪ですよね。ネタバレになりますが、彼は彼で、好きでもない女と結婚生活を始めなくてはならなくて、本当につらかったと思います。

番外編では彼の実家を書きましたが、これも楽しかったです。暁《あきら》さんに繁《しげる》さん、そしてサンタクロースおじいちゃん。昇さんの将来について、本編での結論とは違ってきてしまってますが、それもアリかな、と。

祐輝は番外編のラストでは、何かすっかり達観《たつかん》しています。いろいろ苦しいことがあって、大人になったのねえ。でも、待望の家族を持てて、これから幸せになれると思います。

さて、今回のイラストは秋山《あきやま》こいと先生です。昇さんの髪の結ぶ位置やら、細かいことに気を配ってくださってますが、何より翔《しょう》くんが可愛いです〜。三人家族が幸せそうで、たまりません。秋山先生、素敵なイラストを本当にありがとうございました。

それでは、このへんで。

水島　忍

セシル文庫をお買い上げいただき、ありがとうございます。
この本を読んでのご意見・ご感想・ファンレターをお待ちしております。

☆あて先☆
〒113-0033　東京都文京区本郷3-40-11
コスミック出版　セシル編集部
「水島 忍先生」「秋山こいと先生」または「感想」「お問い合わせ」係
→Eメールでも OK!　cecil@cosmicpub.jp

セシル文庫

パパと呼《よ》ばれた恋人《こいびと》

【著者】　水島《みずしま》 忍《しのぶ》
【発行人】　杉原葉子
【発行】　株式会社コスミック出版
〒113-0033　東京都文京区本郷 3-40-11
【お問い合わせ】　- 営業部 -　TEL 03(5844)3310　FAX 03(3814)1445
- 編集部 -　TEL 03(3814)7580　FAX 03(3814)7532
【ホームページ】　http://www.cosmicpub.com/
【振替口座】　00110-8-611382
【印刷／製本】　中央精版印刷株式会社

乱丁・落丁本は、小社へ直接お送り下さい。郵送料小社負担にてお取り替え致します。
定価はカバーに表示してあります。